Die Eine

Roman / Liebesgeschichte / Roadtrip

Alles in einem ...

Der Autor

Geboren 1975 in Ulm an der Donau, verheiratet und zwei Töchter. Gelernter Automechaniker und seit über zwanzig Jahren als „Hobby-Taxi-Fahrer" in den Nachtschichten am Wochenende in Ulm unterwegs. Vor zwei Jahren, aus einer Laune heraus, die tatsächlich erlebten Geschichten aus dem Taxi, angefangen aufzuschreiben. Auch, um sie mir von der Seele zuschreiben. Denn, einige davon, beschäftigten mich noch tagelang später. Es ist nicht immer einfach für mich, die teilweise miterlebten Schicksalsschläge ohne weiteres wieder zu vergessen. Und so fing ich an, es aufzuschreiben. Ich hatte in dem Augenblick nicht die geringste Ahnung von der Schreiberei. Ich selber lese nicht mal besonders viel. Hin und wieder mal ein Buch, ja, aber mehr Zeitungen und Fachzeitschriften. Aber meine Art zu schreiben kam bei vielen Lesern sehr gut an, und einige baten mich um eine Fortsetzung. Natürlich erlebe ich nicht unendlich viele solcher emotionalen Erlebnisse, die es lohnt, alle in ein Taschenbuch zu packen. Es wäre auch bereits nach kurzer Zeit sicherlich sehr öde. Deshalb wollte ich etwas anderes schreiben, etwas, das sich von dem ersten Taschenbuch unterscheidet. Also nicht nur ein zweiter Aufguss von dem ersten mit vielen kleinen, wahren Geschichten, sondern dieses Mal eine große, jedoch erfundene Geschichte.

Viel Spaß beim Lesen.

TWENTYSIX – der Self-Publishing-Verlag
Eine Kooperation zwischen der Verlagsgruppe
Random House und BoD – Books on Demand

Herstellung und Verlag:
BoD – Books on Demand, Norderstedt

ISBN 978-3-7407-397-5

Prolog

Nur eine vorübergehende Lösung, nicht für die Dauer. Nur um die Zeit ohne Job zu überbrücken. Die Zeit zu umgehen, bis ich wieder einen richtigen Job gefunden habe, so lange wollte ich Taxi fahren. Ich machte den Taxi-Schein, und begann Fahrgäste im Taxi zu befördern. Aber irgendwie bin ich hier hängen geblieben. Und das nun schon seit einigen Jahren. Jedenfalls viel länger, als ich mir das anfangs noch erhoffte oder erträumte.
Ich bin Niklas, 31, und hier im Taxi gestrandet wie ein Schiffbrüchiger auf einer einsamen Insel. Jedenfalls wollte ich hier wieder weg. Schnell, wieder weg. Damals, nach der Ausbildung, hatte ich keine Chance übernommen zu werden und auch nicht in einem anderen Betrieb unterzukommen. Also jobbte ich mich eben durch mein Leben. In Tankstellen, als Paketfahrer, oder ich erledigte kleine Hilfsjobs in Büros. Aber nichts hielt ich lange aus. Entweder fiel mir die Decke bereits nach kurzer Zeit auf den Kopf, nervten mich die albernen Kolleginnen im Büro oder ich musste mich mit ewig nörgelnden Vorgesetzten täglich auseinandersetzen. Auch völlig verrückte Chefs und Möchtegern-Chefs, versuchten mir mein Leben schwer zu machen, indem sie mich wahllos in den Abteilen hin und her versetzten. Oder sie übertrugen mir völlig sinnlose Aufgaben. Aufgaben, die bereits nach kurzer Zeit wieder rückgängig gemacht wurden. Jedenfalls hatte ich immer öfter das Gefühl, eher eine Last in der Gesellschaft zu sein, als eine Hilfe. So blieb

ich nie wirklich lange bei einem dieser arroganten Schnösel. Auch die ständige Kontrolle, besonders in der Früh und am Abend, ging mir gehörig auf die Nerven. Jede Minute, die ich in der Früh zu spät kam, oder am Abend früher ging, wurde mir vorgehalten. Jede einzelne! Aber ich kam einfach sehr schwer aus dem Bett. Was will ich machen? Ich schlafe nun Mal gerne. Sobald mein Wecker klingelt, habe ich das Gefühl, mein Bett und meine Matratze würden mich regelrecht umzingeln! Und mich überhaupt nicht mehr loslassen! Und dass ich am Abend aufgedreht bin, und morgens einfach am besten schlafen kann, dafür kann ich ja nun auch nichts, oder? Und dann gab es da noch so ganz spezielle Kollegen. Kollegen, denen ich es einfach nicht recht machen konnte. Egal, wie ich es machte. Nervig. Einfach nur unendlich nervig.

Eines Tages kam ich durch Zufall auf die Schiene den Taxischein zu machen. An einem Abend, beim Bier in einer der vielen Kneipen in Ulm, lernte ich Charly kennen. Wie er wirklich heißt weiß ich bis heute nicht. Jeder nennt ihn einfach Charly. Wir hatten an jenem Abend beide schon länger über den Durst getrunken, als er mir vorschlug, das mit dem Taxi fahren doch zu probieren. Was soll es, dachte ich mir, schließlich hatte ich nichts zu verlieren. Ich besorgte mir die Unterlagen, machte die notwendigen Termine und fing an, den Stadtplan zu lernen. Schon bereits nach vier Wochen war ich mit allen Arztterminen und dem Lernen von dem Stadtplan so weit durch, und konnte die Prüfung bei der Stadt ablegen. Um einiges leichter und viel schneller als ich anfangs dachte.

Auch ein Unternehmer mit einem freien Taxi hatte ich mit der Hilfe und den Kontakten von Charly schnell gefunden, und so begann ich in meinem neuen Leben als Droschkenfahrer. Ich fuhr ab diesem Tag in den Nächten durch die Stadt und durch die Landschaft, mit völlig fremden Menschen in meinem Auto. Gewöhnungsbedürftig, ja, das ist es. Aber dafür um einiges abwechslungsreicher und sehr viel angenehmer, als alle bisherigen Arbeitsstellen zusammen! Hier nimmt es keiner so genau, wenn ich mal eine Stunde später komme oder früher gehen muss. Überhaupt! Dass mit den Freiheiten, nicht schlecht. Wirklich nicht schlecht. Ob ich mal zwischendrin zum Einkaufen gehe, oder einen Termin irgendwo wahrnehme, mein Leben vereinfachte sich ab diesem Moment in vielen Punkten deutlich. Hab dann entsprechend in diesen Pausenzeiten nichts verdient, o.k., aber das stört auch keinen außer mich selbst, wenn ich in einem Monat mit den Pausen übertreibe. So weit kommt mir das Ganze sehr entgegen und ich fühlte mich von Anfang an sehr wohl. Kein Kollege der nervt, jeder kämpft für sich. Für sich in seinem Taxi. Ob ein Fenster offen ist oder nicht, ob die Heizung brummt oder nicht, hier drin in meinem Taxi, da bestimme ich. Und das ist gut so. Nur ist mir nicht immer wohl dabei. Ich meine, bei der Arbeit. Also nur dann, wenn ich mit Fahrgästen unterwegs bin. Die Fremden, so dicht neben mir, na ja, es sind schon immer mal wieder sehr seltsame Vögel dabei. Und einige von ihnen hin und wieder auch mit einem ordentlichen Knall. Schwer einzuschätzen, ob sie nun gleich durchdrehen, oder weiß der Herr was anstellen. Bis jetzt ging es immer gut aus, und so blieb ich dabei in den Nächten mit fremden Menschen im Taxi zu fahren. Ich hatte schließlich bis jetzt nicht viel auszusetzen. Der Verdienst könnte besser sein, ja, aber das war es auch schon. Dafür habe ich eben auch diese gewissen Freiheiten.

    Und hier sitze ich heute immer noch. Gerade jetzt. Ich sitze im Taxi und warte auf neue Fahrgäste. Und das inzwischen schon seit, tja, seit wann eigentlich? Egal, jedenfalls schon viel zu lange …

Inhaltsverzeichnis

01 – Am Weihnachtsmarkt, Seite 09
02 – Das Hirngespinst, Seite 14
03 – Der Kapuzenpulli, Seite 17
04 – Der sparsame Chinese, Seite 23
05 – Die schwarze Tasche, Seite 26
06 – Christbaum, Seite 32
07 – Wohin? Seite 36
08 – Packen! Seite 43
09 – Die Abholung, Seite 48
10 – Und los! Seite 57
11 – Das Schneehotel, Seite 63
12 – Frühstück! Seite 70
13 – Grenz-Erfahrung, Seite 82
14 – Italien! Seite 91
15 – Wo ist mein Taxi?!? Seite 100
16 – Uah, wo bin ich? Seite 116
17 – Montepulciano! Wir kommen! Seite 123
18 – Die Suche, Seite 130
19 –Die Villa, Seite 141
20 – San Vincenzo, Seite 159
21 – Tim, Seite 172
22 – Florenz! Seite 179
23 – Die Einkaufstortur, Seite 185
24 – Die Nacht! Seite 199
25 – Der Rückweg, Seite 204
26 – Die Eine, Seite 207

01 - Am Weihnachtsmarkt

Erster Tag: Samstagabend und ich habe Nachtschicht.

Diese Woche war bis jetzt ziemlich Scheiße. Die Schicht lief mies. Sie pendelte zwischen mies bis in das Stadium *zum kotzen*. Den ganzen Monat geht das schon so. Und das, obwohl die Zeit vor Weihnachten bis jetzt immer deutlich besser war, als in den übrigen Jahreszeiten. Dieses Jahr wohl nicht. Vielleicht müssen die Leute ja sparen. Das Wetter half mir beim Trübsal blasen, bei diesem seit Tagen vorherrschenden grau in grau. Gleichzeitig geht mir die fürchterliche Hektik in der Vorweihnachtszeit, von Jahr zu Jahr mehr auf die Nerven. Jedenfalls merke ich nichts von dieser ruhigen, oder besinnlichen Weihnachtszeit. Im Gegenteil! Jeder ist gestresst, genervt und hat ja noch so unglaublich viel zu erledigen bis zu den besinnlichen Tagen. Pah! Besinnliche Tage. Wer es glaubt. Jeder stürzt doch nur noch von einem Chaos in das nächste. Und wenn es dann so weit ist, und Weihnachten vor der Türe steht, dann eilen sie von einem Fress-Termin zum anderen. Also besinnlich ist für mich dann doch etwas anderes.

Schnee hatten wir in den letzten Jahren an Heiligabend auch schon lange nicht mehr. Bin ja schon froh wenn die Temperaturen unter null Grad bleiben. Bei Frühlingstemperaturen schmeckt der Glühwein schließlich auch nicht wirklich. Übrigens, im

Moment das Einzige was mir zurzeit wirklich schmeckt.

 In zwei Wochen ist es so weit. Dann ist Weihnachten. Und ich stehe hier, am Taxistand vor dem Weihnachtsmarkt. Er hat mehrere Eingänge, aber am Haupteingang vor dem Glühmarkt, wie in viele nur noch nennen, ist unser Taxistand. Ich lümmle wie so oft in meinem Fahrersitz, rauche eine nach der anderen, und versuche mich mit Kaffee wach zu halten. Aber selbst der lässt mich heute im Stich. Es fehlt nicht mehr viel, und ich schlafe hier im Sitzen ein. Zu meinem Glück ist hier eine Kaffee-Bude direkt neben meinem Taxi. Somit ist zumindest der Nachschub gesichert. Wenigstens das funktioniert zuverlässig.

 Ja, das Rauchen habe ich auch wieder angefangen. Ich rauche wieder wie ein Ofen. Viel zu viel, um ehrlich zu sein. Ich bin ja schon fast froh, dass ich an einem Tag nicht noch eine zweite Schachtel anreiße. So wie das mit dem Kaffee. Auch zu viel. Nicht gerade wenig, was ich in so einer Nacht trinke. Ich kann es nur schätzen, aber so an die ein bis eininhalb Liter werden es über eine Schicht verteilt schon sein. Aber, wie schon gesagt, es fehlt nicht mehr viel, und ich schlafe hier im Sitzen hinter meinem Lenkrad ein. Zumindest wenn nicht bald etwas passiert.

 Eine bessere Hälfte habe ich im Moment auch nicht, die mich darin einbremsen könnte. Schon seit Jahren nicht. Und ich weiß nicht einmal, ob es an mir, an meinem Job oder an den Frauen liegt. Ist mir auch egal. Sind doch eh alle gleich. Ich komme ganz gut alleine klar. Brauche niemanden der mir mein Leben unnötig komplizierter macht, als es ohnehin schon ist. Ich habe nicht einmal die geringste Lust mich nach einer Frau umzusehen. Das wird nur wieder anstrengend. Frauen kosten Zeit und Geld. Beides habe ich nicht. Vielleicht später Mal, wenn ich wieder einen Job habe mit Arbeitszeiten am Tag. Weiß nur noch nicht wie ich das genau machen werde. Einen Plan habe ich jedenfalls nicht.

Ich bin das einzige Taxi hier am Stand. Nicht mal ein Kollege ist hier, mit dem ich mir die Wartezeit verkürzen könnte. Die Zeit vergeht kaum, immer langsamer drehen sich die orangefarbenen Zeiger auf dem kleinen Zifferblatt neben meinem Tachometer. Verdammt! Was mache ich eigentlich hier?? Soll dass das große Los sein? Das große Los von Freiheit? Frei von Zwängen? Von Zwängen einer Stempeluhr, von Akkordarbeit oder Büro-Horror? Klar, Fließbandarbeit ist auch nicht besser, und mit ganztägiger Büroluft kann man mich schließlich auch jagen. Ich musste da einfach wieder raus. Ich kann einfach nicht mehr von morgens bis abends hinter der gleichen Türe die gleiche Arbeit machen. Acht, vielleicht neun Stunden lang. Ich fühle mich wie Bill Murray in „Und täglich grüßt das Murmeltier." Das macht mich irre. Ich muss einfach raus. Raus auf die Straße, unter die Leute, fremde Leute, neue Gesichter. Nur, dass mit den Wartezeiten an den Taxiständen, das macht mich echt fertig. Die zermürben mich. Dabei komme ich mir vor wie im falschen Film. Als ob ich mir eine Kinokarte kaufe, mich in dem Kinosaal auf einen diese flauschigen Klappsessel setze, und der Film auf der

Leinwand ist aber nicht mein Film. Nicht der, den ich sehen will. So fühlt sich das an. Ich sitze im Taxi, starre durch die Windschutzscheibe und sehe einen Film, den ich gar nicht sehen will. Wie im falschen Film eben. Ich sehe zu, wie unzählige Menschen bepackt wie Lastesel mit Einkaufskörben, Taschen und den vielen Geschenken durch die Gassen hetzen für die Lieben zu Hause. Hier wird wohl noch nicht gespart. Ja, sie rennen schon fast in ihrer Hektik. Vielleicht fehlen ja noch ein paar Geschenke. Ruhige, besinnliche Weihnachtszeit? Wo soll die denn sein? Aber das ganze Theater geht ja an Heilig Abend gleich weiter. Stunden um Stunden werden in der Küche die Töpfe und Backröhren an der Belastungsgrenze gehalten. Der Rest der Familie dekoriert panisch in Hochgeschwindigkeit die Bude, und wehe, etwas geht in dieser finalen Schlussphase schief. Dann ist der Teufel los. Das fängt beim Christbaum an. Das geht schon beim Einkaufen des Baumes los! Was für Diskussionen da geführt werden! Zum davonlaufen. Klar, von den lieben Verwandten, Freunden und Gästen wird er anschließend gelobt. In den höchsten Tönen wird er sogar gelobt! Und warum? Ist doch klar! Schließlich bekommt man dafür einen Schnaps. Alkohol zieht oft.

Nicht selten sieht der gekaufte Baum im Wohnzimmer plötzlich doch nicht mehr so perfekt aus, wie in dem Christbaumverkauf. Hier zu buschig, dort ein Loch im Astwerk, hier kann so Deko-Zeugs Wunder bewirken. Und die große Lücke, die wird nach hinten zur Wand gedreht. Nicht wahr? Überall das Gleiche. Aber irgendetwas geht immer schief. Ich glaube, das haben alle Familien schon erlebt. Da bin ich mir sicher.

Hier im Taxi, in der vermeintlich anonymen, neutralen Zone, plaudern meine Fahrgäste gerne mal aus dem Nähkästchen. Nicht immer lustige Weihnachten, das kann ich euch sagen. Da passieren Sachen! Da ist ein verkorkster Christbaum noch das kleinere Problem. Wahnsinn. Meine Gedanken schweifen. Sie schweifen weit ab. Die Bilder vor meinen Augen verschwimmen. Der Weihnachtsbaum, die rauchenden Töpfe in der Küche, die Grippe in der Ecke, die vielen Lichterketten um das Haus, unzählige Geschenke unter dem Christbaum, alles verschwimmt ineinander. Auch die Geräusche aus dem Weihnachtsmarkt verschwimmen ebenfalls ineinander zu einem großen Rauschen. Das Gebimmel aus dem Kinderkarussell, das Leuten der Kirche, das Klirren der Glühweintassen ebenso wie die vielen Gesprächsfetzen die durch meine offene Fensterscheibe hereinkommen. Ich bekomme Kopfkino und alles nur noch in halber Lautstärke mit. Mein Blick hat einen Punkt in der Ferne fixiert, und meine Gedanken sind über alle Berge in den vielen Wohnzimmern. Das Rauschen in meinen Ohren, zusammen mit den vorbeifliegenden Bildern vor meinen Augen, lassen mich das Hier und Jetzt vergessen. Ich schlafe mit offenen Augen, bin mit meinen Gedanken weit weg, und für einen Moment bin ich sogar glücklich.

02 – Hirngespinste

Immer noch erster Tag: Samstagabend und Nachtschicht.

Meine Gedanken kreisen einmal um die Welt. Nein, sie rasen einmal um die Welt! Von Weihnachten zu den Geburtstagen. Von meiner Heimat in die Ferne und von den Küsten in die Berge. Fremde Kulturen, Familien, Familienplanungen, die Geburt und der Tod. Ich habe meine Gedanken nicht mehr unter Kontrolle. Einen Punkt in der Ferne mit meinen Augen fixiert und im Kopf einen Tsunami mit einem Wirrwarr aus Gedankenfetzen.

Wann wird es mir passieren? Wann werde ich diese Eine erwischen? Diese Eine, die sich von allen andern abheben wird? Werde ich diese Eine überhaupt bekommen? Die Eine, unvergessliche? Die Eine, die sich niemals wiederholen wird? Diese Eine, von der ich noch viele Jahre später erzählen werde? Wie die eine große Liebe? So wie die eine Frau, die man(n) nur einmal im Leben trifft, und man(n) sich mit nur einem einzigen Augenkontakt Hals über Kopf verliebt? Diese eine Liebe, die es eben nur ein einziges Mal gibt? Gibt es das überhaupt? Erlebt das jeder einmal? Oder sogar zweimal? Oder ist das nur ein Mediengespenst? Eine Erfindung von Hollywood? Ich weiß es nicht.

Jeder zweite Taxifahrer hatte wohl schon eine solche. Zumindest, wenn man den Geschichten glauben mag. Eine Tour, eine Fahrt, die er niemals mehr in seinem ganzen Leben vergessen wird. So kurios und verrückt, dass sie völlig unglaublich erscheint. Und doch kommen sie immer wieder vor. Diese eine Taxifahrt, die sich niemals wiederholen wird. Die einen dorthin führt, wo man noch nie war. Vielleicht auch überhaupt nicht hin wollte. In eine fremde Stadt, in ein fremdes Land, in ein Getto, oder in eine einsame Gegend. In eine Metropole die man noch nicht einmal vorhatte zu besuchen. Die eine Taxifahrt, die einen berührt, mitnimmt, verändert, verängstigt, amüsiert, vielleicht sogar auch die Sichtweise auf das eigentliche Leben ändern lässt. Eben diese Eine.

Einige meiner Kollegen sind mit vermeintlichen Zuhältern und ihren „Angestellten" über die Landesgrenze bis in andere Hauptstädte gefahren. Angeblich nur für Geschäftstermine. Klar. Was auch sonst. Ein Taxifahrer frägt nicht. Er fährt. Was der Kunde am Ziel macht oder machen will, das erfahren wir selten. Eben nur im Gespräch. Und was davon stimmt, oder erfunden ist, wer weiß das schon. Wer will das überhaupt so sicher wissen? Ich meine, oft ist es besser, wenn ich es nicht erfahre. Was ich nicht weiß, macht mich nicht heiß. Sagt man doch. In diesem Fall möchte ich es nicht wissen. Im Gegenteil. Ich meine, wie oft hatte ich schon Schwerverbrecher, Mörder oder Zuhälter als Fahrgäste bei mir im Taxi? Ich weiß es nicht. Und das ist auch gut so.

Andere steigen mit leichtem Gepäck am Bahnhof ein, haben den Zug verpasst und müssen dem Zug hinterher. Pech für den Taxifahrer, wenn es ein Regionalzug ist. Einer, der wie man auf dem Land sagt, an jeder zweiten Milchkanne anhält.

Wenn es die Zugverbindung zu einem Flughafen ist, kann es schon lukrativ(er) werden. Je nachdem welcher Flughafen das Ziel ist. Der Umsatz für diese Schicht ist jedenfalls an diesem Tag gerettet.

Ein Fernzug in die nächste entfernte Großstadt ist da schon besser. Und wenn es ein Zug mit Ziel in andere Länder ist, das kann da dann schon fast ein kleiner Jackpot sein. Aber das weiß man eben in dem Moment nicht. Wenn ein Fahrgast auf dein Taxi zuläuft, dann kannst du ihn mustern und raten. Eine Vermutung anstellen. Wohin er wirklich will erfährst du erst bei seiner Ansage wohin es gehen soll. Solange bleibt es spannend. Erst die Wartezeit, nicht selten verbunden mit Langeweile, dann der Moment, wenn der Fahrgast einsteigt, und schließlich, wenn er dann das Ziel nennt. Solange weiß der Fahrer nichts. Gar nichts. Nicht wohin, nicht wie lange er mit der Fahrt beschäftigt sein wird, nicht was passieren wird. Meine Gedanken fliegen weiter. Ich bin weit weg, mit meinem stieren Blick völlig versunken in meiner Welt.

03 – Der Kapuzenpulli

Immer noch: Samstagabend. Nachtschicht.

Die Türe hinten rechts geht mit einem Ruck auf, ein grauer Kapuzenpulli mit Bluejeans nimmt ohne Kommentar auf dem Sitz hinten rechts Platz. Ich erschrecke und zucke zusammen. Ich habe ihn nicht kommen sehen. Aus der Traum, zerplatzt, war gerade schön. So Sorgenlos. Leicht. Egal. Keine Zeit sich darüber weiter Gedanken zu machen über seine eigenen Gedanken. Mein erster Fahrgast für heute. Ich richte mich quälend auf, starte den Motor und sehe im Rückspiegel nach hinten. Was ist denn das für ein Typ? Will wohl cool aussehen. Er ist ordentlich angezogen. Sauber, ohne Schmutz oder so. Im Gegenteil. Die Klamotten sehen aus wie frisch aus dem Laden. Hat wohl genug Geld. Bluejeans, der Kapuzenpulli in uni hellgrau mit blauem, New-Yorker Motiv vorne aufgedruckt, aber die Mütze in das Gesicht herunter gezogen bis unter die Nasenspitze. Ich sehe nur sein Kinn. Gott! Wie ich solche Möchtegern-Gangster leiden kann! Will wohl besonders cool wirken. Ich mag es nicht, wenn ich die Augen nicht sehen kann. Genauso wie bei den Typen, die meinen, mit diesen bunten Spiegel-Sonnenbrillen sind sie die coolsten! Boa, die kann ich leiden!

In den auffällig zierlichen Händen ein schwarzes Smartphone. Mehr kann ich in der kurzen Zeit nicht erkennen. Von ihm kommt kein Wort. Wie wäre es wenigstens mit einem „Hallo" wenn ich mich in ein

Taxi setze? Ich behalte aber meine Gedanken für mich.

„Na? Wohin?" „Weststadt, Sparkasse." Sein Blick bleibt abgesenkt auf das Display seines Smartphones. Was hat der denn für eine Stimme? Hatte er noch keinen Stimmbruch? Witzig. Vielleicht ein Opernsänger mit hoher Stimme der nicht erkannt werden möchte? Egal. Ich fahre los. Kurz vor der Sparkasse sagt er mir, ich solle möglichst nah vor der Türe kurz warten. Er komme sofort wieder. Na toll, will der flüchten? „Lass mir etwas als Pfand da! Hab keinen Bock dir nachher hinterher zu laufen!" „Jaja, ich bezahle dich, Hauptsache du wartest!" Ich bremse nur wenige Meter vor dem Haupteingang der Bank. Kaum habe ich angehalten, kommt von hinten ein 10 Euro-Schein geflogen und schon höre ich wie die Türe zuknallt. Verdammt! 11,50 Euro auf der Uhr! Der hat mich verarscht! Na gut, halb so wild. Wegen 1,50 Euro wollen wir nicht gleich ein Fass aufmachen und die Polizei rufen. Ich nehme den 10er und verstaue ihn in meinem Geldbeutel. Kaum habe ich ihn verstaut, steht ein Streifenwagen direkt neben mir und lässt seine Fensterscheibe absinken. Ich lasse ebenfalls meine Scheibe nach unten und sehe den Polizisten fragend an. „Ist bei Ihnen alles in Ordnung?" „Ähm, ja, mein Fahrgast ist in der Bank, ich warte hier auf ihn." „Sie stehen im Halteverbot. Nicht parken! Ja?" „Ja, natürlich, ich fahre sofort weiter, versprochen!" Wir schließen unsere Fenster wieder. Man, die sollen mich doch in Ruhe lassen! Ich halte hier doch auch nicht weil ich Bock habe, sondern für meinen Fahrgast! Kann ich denn in irgendeinem Job auf dieser Welt in aller Ruhe meine Arbeit machen? Maaan. Ich sehe dem Streifenwagen noch nach wie er am Ende der Straße nach links Richtung Innenstadt abbiegt. Kaum ist er außer Sicht, fällt mit einem lauten Knall die Türe hinten rechts wieder ins Schloss. Verdammt! Schleicht der sich eigentlich an?!? Das zweite Mal, dass ich ihn nicht auf mich zukommen sah! Immer erst wenn die Türe geht! Ich mag das nicht, bin etwas schreckhaft bei so Überraschungskunden. „Was wollten die?" „Stehe im Halteverbot, ich soll weiterfahren." „Ah, o.k. Kennst du das Hotel Lehrer Tal? Es ist Nördlich, das nach den Schienen? Richtung Zigeunerfelsen. Kennst das?" „Ja." „Dort hin. Bitte." Ich fahre los. Es herrscht wenig Verkehr. Wir kommen gut durch und ich muss nur an wenigen Ampeln halten. Bei jedem Stopp versuche ich sein Gesicht im Rückspiegel zu sehen, aber seine Kapuze behält er eisern auf der Höhe seiner Nasenspitze. Ein frisch rasiertes, spitziges Kinn. Helle Haut. Mehr kann ich nicht erkennen. Oft versuche ich solche Dinge nicht nur zu erkennen, sondern mir auch zu merken. Wer weiß, wofür ich das später einmal brauchen kann. Aber der Typ macht es mir echt schwer. Nicht mal seine Größe kann ich einschätzen. Habe ihn ja noch nicht mal auf der Straße laufen sehen. Er tippt auf dem Display seines Handys. Ununterbrochen. An solchen Menschen geht doch das eigentliche Leben spurlos vorbei! Sehen die ihre echte Umwelt eigentlich noch? Die leben doch nur noch in ihrer virtuellen Welt, oder nicht? Head-down-Syndrom, also Kopf-unten-Syndrom spotten einige. Smombie, das erfundene Wort hat es bis zum Jugendwort des Jahres

2015 geschafft für diese Spezies, die nur noch auf ihre Handy-Displays glotzen. Eine Mischung aus Smartphone und Zombie. Eigentlich ziemlich passend. Er tippt unbeirrt weiter. Wie alt er wohl ist? Nach den Klamotten würde ich auf etwa 22, vielleicht 24 Jahre tippen. Die Statur ist eher zierlich, vielleicht 18, oder 20. Aber sein Kinn, und vor allem seine Stimme, tja, 14 oder 15 vielleicht? Keine Ahnung. Komischer Vogel. Egal. Solange er zahlen kann, ist mir das schnurz. Keine zehn Minuten später sind wir am Ziel. „Taxifahrer, fährst du auch weiter weg?" „Ja, überall hin." „Wie lange geht deine Schicht noch? Fährst heute noch länger?" „Ja, habe gerade eben erst angefangen." „Kann ich deine Nummer haben? Du redest nicht so viel und stellst keine Fragen." Oha, jetzt aber mal Vorsicht. Bei dem stimmt doch etwas nicht! Ein Drogenkurier? Mit dem Taxi und einer Sporttasche, Rucksack oder so in eine andere Stadt? Dann sind wir von einem Drogenkurier nicht mehr weit entfernt. Vielleicht hat er darum auch gefragt was der Streifenwagen wollte! Aber, kann mir ja egal sein. Noch weiß ich nichts und ich will auch nichts wissen. Mir doch egal, mit was der seine Kohle verdient. Hauptsache er zahlt den Preis auf meinem Taxameter! „Ja, meine Nummer kannst du haben." Auf der Uhr stehen 18,60 Euro. Er gibt mir noch einen Zehner. „Zusammen mit dem ersten Zehner stimmt es so. Der Rest gehört dir. Deine Nummer noch. Und ich kann mich auf dich verlassen?" „Wenn ich nicht gerade unterwegs nach Spanien oder so bin, ja." Na gut, das ist mir jetzt eher so rausgerutscht. Aber, ja, es gab noch kein Ziel, das ich nicht angefahren habe. „Du würdest bis nach Spanien fahren?" „Na gut, Spanien wäre jetzt sicherlich der Extremfall, da müsste ich erst mal nach meinen Reisepapieren und nach meinem eigenen Gepäck schließlich auch noch schauen. Aber so innerhalb von Europa, ja, da sehe ich keine Schwierigkeiten." Als ich ihm mein Kärtchen mit meiner Nummer gebe, berühren sich für einen kurzen Moment unsere Hände. Er hat eine auffällig gepflegte, warme und weiche Haut an den Händen. Und klein sind sie auch. Also ein Handwerker ist er sicherlich nicht. Und auf dem Bau arbeitet er mit solchen Händchen jedenfalls bestimmt nicht. Vielleicht ist er doch noch Schüler? Ein Schüler der Drogen überbringt und damit seine Taxi-Kosten deckt? Darum auch der Schiss wegen dem Streifenwagen. Ja! Genau so wird es sein! Ich hätte Ermittler werden sollen! Bei der Drogenabteilung der örtlichen Polizei. Hm, sollte ich mir mal überlegen. Vielleicht wäre das ja noch ein Job für mich … „Gut, Spanien wird es heute nicht mehr werden, aber dann bis später." „Ja, o.k. Nicht weiter schlimm. Dann bleiben wir eben innerhalb von Deutschland. Bis sp…" Zack, schon wieder ist die Türe zu. Bis der Geldschein in seinem Fach ist, ist der Typ schon wieder weg! Als ob er im Erdboden verschwindet! Wie macht er das? Also so ganz schlau werde ich noch nicht aus ihm. Aber das mit dem Drogenkurier, ich glaube, damit liege ich nicht ganz falsch. Wohnt der hier im Hotel? Hm, würde ja auch ganz gut in das Bild passen. Ich habe ihn aber nicht gesehen wie er in das Hotel lief. Um das kleine Hotel herum, liegen noch eine ganze Reihe von Wohnblöcken und unzählige kleine Fußwege. Er kann auch einen dieser Wege benutzt haben als er ausstieg. Dann ist er gleich aus dem Sichtfeld der Straße, und das würde sein schnelles Verschwinden erklären. Auch das ist mir herzlich egal und geht mich letztendlich auch nichts an. Schließlich bin ich ja auch überhaupt nicht neugierig. Ich möchte nur alles wissen.

    Ich wende mein Taxi und fahre wieder in Richtung Innenstadt, als ich bemerke wie ich Hunger habe. Tja, ich würde sagen das passt. Die zwanzig Euro von Kapuzenpulli werden gleich direkt in eine Mahlzeit und in einen großen Kaffee investiert.

04 – Der sparsame Chinese

Bleibt dabei, erster Tag, Nachtschicht, Samstagabend.

Kaum fahre ich los, klingelt mein Funkgerät. Ich bestätige die Annahme dieses Auftrages. Er ist hier im Stadtteil. „Na, das passt doch. Den Auftrag nehme ich noch mit. Den Kaffee gibt es danach auch noch." Ein ziemlich langer Text erscheint auf dem Display meines Funkgerätes. Eine Mercedes E-Klasse ist mit Benzinmangel liegengeblieben, und der Fahrer möchte nun mit mir an der nächsten Tanke Benzin holen. Na gut. Dann verschiebe ich meine Mahlzeit noch ein paar Minuten. Kurz darauf sehe ich den Kunden und seinen leer gefahrenen Daimler am Straßenrand stehen. Ein kleiner Asiate steht hinter dem Daimler und rudert mir mit seinen kurzen Ärmchen entgegen. In seiner Hand eine leere Wasserflasche. Ich bremse und halte hinter seinem Wagen. Er kommt sehr hektisch an die Beifahrertüre geflitzt, öffnet sie und setzt sich. „Shelltanstelle, unte, von diese Stase, snell!" „Aha, ok, ich fahre ja schon!" Nur wenige Minuten später stehen wir in der Tankstelle. Ich nutze die Gelegenheit und steige auch aus. Dort gibt es ganz brauchbaren Kaffee. Als ich zur Türe laufe, sehe ich, wie mein Fahrgast versucht das Benzin aus der Zapfpistole in seine Wasserflasche zu füllen. Zum Glück ist der Rüssel viel zu dick für den Flaschenhals. „In Ihre Flasche passt genau ein Liter Benzin! Sie wollen einen Liter Benzin in Ihren Daimler schütten? Einen einzigen Liter?" „Ja, passt nit." „Ja, zum Glück passt das nicht, das würde eh keinen Sinn machen! Sie haben in ihrem Mercedes etwa einen 80 Liter Tank und der ist komplett leer gefahren. Was glauben Sie, wie weit Sie mit einem einzigen Liter in Ihrem großen Tank kommen? Wenn Sie Glück haben bis zur ersten Kurve, dann stehen Sie wieder! Kaufen Sie einen Benzinkanister und füllen Sie diesen!" Er hängt die Zapfpistole wieder ein und hetzt in die Tanke. Ich hinterher, denn ich möchte ja einen Kaffee. Ich stehe mit meinem Kaffeebecher an einem dieser kleinen Bistrotische und fülle Zucker und Milch in meinen wirklich hinreisend lecker riechenden Kaffee. Mein Kunde flitzt mit einem fünf-Liter-Kanister Benzin an die Kasse. Die Kassiererin: „Sie haben zwei Liter Benzin getankt?" Ich werde hellhörig. „Ja, wei Lite Supel, von die Saule dlei." Er hat zwei Liter in den Kanister getankt! Zwei! Mir egal. Bevor ich mich aufrege, ist es mir lieber egal. Dem ist nicht zu helfen.

Wir sitzen wieder in meinem Taxi und sind auch schon wieder auf dem Rückweg. Kurz vor seinem Auto erklärt er mir in seinem gebrochenen Deutsch, dass am nächsten Morgen der Sprit billiger sei, und darum fährt er jetzt erst einmal Heim und somit erst am nächsten Tag zum Tanken. Ich denke mir nur meinen Teil. Er kann sich ja noch mal ein Taxi rufen. Nämlich dann, wenn er das zweite Mal mit seinem Benz liegengeblieben ist. Wegen einem gesparten Betrag im Cent-Bereich, geht er lieber am nächsten Tag zum Tanken und riskiert dabei nochmal eine weitere Taxifahrt von etwa 20 Euro! Warum rollt er nicht einfach die Straße runter und tankt? Weil er morgen ein paar Cent spart! Einen dicken Daimler unter dem Hintern und dann solche extremen Sparversuche?!? Da fällt mir echt nichts dazu ein… Soll jeder machen wie er will. Mir egal.

„19,80 Euro sind es dann. Bitte!" Er gibt mir 20 Euro. Dass er etwas sagt wie „stimmt so" oder ähnliches, erwarte ich jetzt nicht. Nicht bei ihm. Schließlich muss man ja sparen, nicht wahr? Besonders wenn das Auto schon so teuer war! Dann kann man sich nicht auch noch großzügige Trinkgelder leisten! Gerne hätte ich ihm seine 20 Cent mit Schwung hinterhergeworfen. Aber er hielt mir sein Münzfach geöffnet direkt unter die Nase, damit ich das 20 Cent Stück direkt hineinfallen lassen konnte. Geizkragen! Hey echt, manche Menschen verstehe ich nicht. Aber das spielt auch keine Rolle. Er verstaute seinen Geldbeutel und stieg ohne Worte aus. Auch recht. Bis später. Wenn du noch mal anrufst, weil du wieder liegengeblieben bist. Ha! Ich glaube, dann muss ich Ihn erst einmal anlächeln! Natürlich nur ganz freundlich. Nicht auslachend, aber meine Schadensfreude komplett zu unterdrücken, das werde ich wohl nicht ganz schaffen…

Ich habe Hunger. Jetzt spüre ich es wieder. Also gebe ich Gas und verschwinde. Nicht weit von hier befindet sich eine 1A-Imbisbude. Eine der besten Curry-Würste sind dort zu bekommen. Und dafür würde ich einiges machen, denn so einfach dieses Essen auch ist, so lecker ist es auch! Vorausgesetzt, der Koch hat die Sache mit der Soße im Griff! Denn die hat Entscheidungspotezial!

05 – Die schwarze Tasche

Immer noch erster Tag, Nachtschicht, Samstagabend.

Kaum hatte ich mich von dem Chinesen verabschiedet, wähle ich die Telefonnummer von Charly. Vielleicht hat er ja auch gerade Hunger. Nicht selten treffen wir uns in Toni´s Imbissbude. Etwas versteckt zwischen Stadtmitte und dem Stadtrand gelegen, ist sie ein beliebtes Ziel für sämtliche Auto- und Lastwagenfahrer. Viele machen extra einen Umweg, um bei Toni einen Happen zu essen. Etwas versteckt in einer Seitenstraße liegt seine Bude zusammen mit einem Minibiergarten. Zumindest versucht er seinen kleinen Anbau so aussehen zu lassen, dass es wie ein Biergarten wirkt. Ein paar Holzbalken zu einer Pergola zusammengenagelt, vier Bierbankgarnituren, das ganze mit Plexiglas windgeschützt verkleidet und mit einer ganzen Reihe von Pflanzen zugewachsen. Wenn man mal drinsitzt, ist es wirklich angenehm. Musst nicht weit fahren, immer eine willkommene und freundliche Stimmung drin, und er macht echt lecker Essen. Das Ganze zu fairen Preisen. Trotzdem, dass es mitten in der Stadt ist, sitzt man doch irgendwie im Grünen. O.k. Stadtrand. Aber trotzdem im Grünen. Hat was. Die Parkplätze sind dort rar, aber eben auch ein echter Geheimtipp.

Charly hat wie immer sehr viel zu erzählen. Und irgendwie haben auch die Menschen um Charly herum eine ganze Menge zu erzählen. Jedenfalls reißt der Gesprächsstoff mit und um Charly herum nicht ab. Mit ihm wird es irgendwie niemals langweilig. Egal wann und wo. Charly erzählt von seinen letzten Fahrten. Er schafft es immer wieder, dass extrem verrückte Menschen in seinem Taxi landen. Der erlebt Dinge, die sind vermutlich noch nicht einmal einem Regisseur in Hollywood eingefallen. Sensationell. Mir passiert das nie. Bei mir ereignet sich nie etwas Spannendes. Jedenfalls nicht so sehr aufregend und spannend, dass ich Charly daraus eine tolle Geschichte erzählen könnte.

Kaum sitzen wir vor unseren kleinen Mahlzeiten, klingelt mein Telefon. Es ist der Kapuzenpulli. Ob ich ihn in zehn Minuten abholen kann, es sei eilig. Klasse. Wie immer. Da sitzt du teilweise stundenlang in der Karre und wartest, bis mal endlich ein Fahrgast kommt, aber wenn mal die weltbeste Curry-Wurst dampfend vor deiner Nase steht, und sich schon alleine von dem Geruch von ihr dir das Wasser im Mund zusammenläuft, dann hat es irgendein Kapuzenpulli eilig!

„Reichen 20 Minuten auch?" frage ich ihn. „Dann machen wir 30 Minuten, dann erledige ich vorher noch etwas. Bis gleich." Klick. Aufgelegt. Na also. Geht doch. Das ist das schöne unter Männern. Ohne viel Worte das wichtigste sagen, fertig. So etwas geht eben nur unter Männern.

Lecker. Einfach nur Lecker. Und Charly erzählt und erzählt, ich kann ihm nur schwer folgen was er sagt, so sehr konzentriert bin ich mit meiner Curry-Wurst beschäftigt. Aber das ist auch gar nicht so wild, denn Charly erzählt jede seiner Geschichten gerne mehrmals.

Ich bin etwas früher dran, wende gleich vor dem Hotel mein Taxi, und setze rückwärts in einen Parkplatz. Mir haben die 20 Minuten gereicht und wegen der restlichen zehn Minuten brauche ich nicht an einen anderen Taxistand stehen. Das würde nicht klappen. Ich fahre mithilfe von meinen Außenspiegeln rückwärts bis an eine Hecke heran. Aber in der gleichen Sekunde, als ich den Motor abstelle, knallt hinten rechts bereits die Türe zu. Und ich zucke schon wieder vor Schreck zusammen! Der macht mich irre! „Super, ich habe gehofft du kommst früher, ich konnte das andere nun doch nicht erledigen. Danke." Er schaffte es schon wieder in mein Taxi zu steigen, ohne dass ich ihn vorher bemerke! Der macht mich echt noch wahnsinnig. „Schon o.k. Wohin?" „Zu einem anderen Hotel. Ich weiß aber den Namen nicht. Im Industriegebiet an der Bundesstraße Richtung Sigmaringen, da gibt es eine Zufahrt im Osten. Kennst du das? Dort ist auch das Hotel. Kennst es?" „Ja, kenne ich." Und wieder dauert die Fahrt keine 15 Minuten und schon stehen wir auf dem Vorplatz des Hotels. „Gib mir nur zwei Minuten, wir fahren gleich wieder zurück!" Und schon flattert ein 50er von hinten auf den Beifahrersitz. Ich sehe nur noch für einen kurzen Moment wie er eine Seitentreppe hoch sprintet. Dabei nimmt er drei Stufen auf einmal. Er scheint ein sportlicher Typ zu sein. Ich habe ihn nur sehr kurz von hinten gesehen, vielleicht eins siebzig, eins fünfundsiebzig, mehr glaube ich nicht.

Ich habe klebrige Finger. Irgendwo habe ich wohl noch Currysoße. Ein Glück, mein Chef sorgt immer für ausreichend Putzmittel im Auto. Angefangen von Glasreiniger bis zu Felgenpolitur findet sich so ziemlich alles, was man an oder in einem Taxi so putzen, schrubben und polieren kann. Klar, was soll man in den vielen Wartezeiten auch sonst machen. Also schrubbt man das Taxi bis es glänzt. Zum Waschen der Hände findet sich auch immer etwas. Und die vielen Papiertücher, die in meinem Kofferraum liegen, keine Ahnung welche Toilettenfrau ständig ihre Vorräte aufstocken muss. Wenn die wüsste, dass ihre Papiertücher sich in meinem Kofferraum stapeln…

Meine Hände sind wieder fettfrei und ich setze mich wieder hinter mein Lenkrad. Die zwei Minuten dürften bald vorbei sein. Aber im gleichen Moment als ich meine Türe schließe, fällt auch die Türe hinten rechts wieder ins Schloss! Er hat es schon wieder geschafft! Er hat sich schon wieder an mein Taxi geschlichen und sich hineingesetzt, ohne dass ich es vorher bemerke! Ich werde noch wahnsinnig wenn ich von dem Typen nicht bald sein Gesicht zu sehen bekomme! „Danke für das Warten. Bitte wieder zurück." „Alles klar, aber erst zeigst du mir dein Gesicht!", wäre mir fast herausgerutscht. Aber ich konnte es mir noch verkneifen. Aber lange halte ich das nicht mehr aus!

„In Ordnung", und wir fahren wieder los. Ich ertappe mich, wie ich beim Fahren mehr in den Rückspiegel nach dem Typen sehe, als nach vorne auf die Straße zu schauen. Aber seine Kapuze ist wie angenagelt knapp über der Nasenspitze. Unfassbar. Bei der nächsten Fahrt, wenn es denn eine geben sollte, wird es zur Bedingung, dass ich erst sein Gesicht sehen darf! Ich halte vor dem Hotel Lehrertal. „Reicht der Fünfziger?" „Locker, sind 34 auf der Uhr." „Der Rest ist für dich! Ich melde mich nochmal. Danke. Bist echt o.k." Es raschelt auf der Rücksitzbank hinter mir und die Kapuze steigt aus. Er läuft nach vorne weg und zum ersten Mal sehe ich ihn überhaupt mal laufen. Wenn auch nur von hinten. Schmale Figur, schwarze Turnschuhe, und irgendwie eine beschwingte, leichte Gangart. Aber, was ist, dass denn?!? Er hat eine kleine, kompakte, quadratische, schwarze Sporttasche in der Hand! Die muss er aus dem anderen Hotel abgeholt haben! Auf der Hinfahrt hatte er noch nichts in der Hand! Und so schnell wie er dort fertig war, ist die Tasche schon fertig vorbereitet für ihn dort gestanden! Er musste sie also nicht selber packen, weil sein Dealer sie schon für ihn packte! Also ist er doch ein Drogenkurier! Ha! Ich wusste es! Und ich bin seine Transportlösung! Ich sollte über eine Bewerbung bei der Drogenbehörde nochmal ernsthaft nachdenken! Aber Moment! Unter diesem Sicherheitsrisiko, denn ich könnte ja schließlich auch verdächtigt werden, muss ich mir über den Fahrtarif nochmal ersthafte Gedanken machen! Wenn der junge Pisser ohne Gesicht hier die fette Kohle einstreichen konnte, dann kann er mir davon auch ein wenig abdrücken! Schließlich drücke ich hier auch sämtliche Augen zu und weiß von nichts! O.k. Mit dem Trinkgeld geizt er nicht gerade, aber darauf kann ich mich ja nicht verlassen! Na gut, bis jetzt wusste ich ja auch wirklich nichts von ihm, und zwar rein gar nichts! Aber das bekomme ich schon noch raus! Schwarze Tasche! Ha!

06 – Christbaum

Immer noch keine Änderung: Erster Tag, Nachtschicht, Samstagabend.

Inzwischen ist es kurz vor 21.00 Uhr. Der Verkehr lichtet sich mehr und mehr und die Straßen werden leerer. Ich fahre am Hauptstandplatz an unserem Bahnhof. Erstens sind dort gerade auffällig wenig Taxen die auf Fahrgäste warten, das heißt, reduzierte Wartezeit bis zur nächsten Fahrt und zweitens ist dort mehr los. Also, ich meine in Form von weniger Langeweile. Einer weiß immer etwas Neues was gerade so passiert in der Stadt. Dazu kommt noch, dass hier am Bahnhof die Fahrgäste aus den ankommenden Zügen sich gerne ein Taxi nehmen, und dass wiederum kann bedeuten, eine lukrative Fahrt außerhalb der Stadt! Das gibt nicht selten Strecken von 100 bis 200 Kilometer! Nach einer solchen Fahrt ist die restliche Schicht fast völlig egal, denn der Umsatz ist in diesem Moment gesichert. So weit mein Plan. Aber so wie ich es mir plane, wird es oft nichts. Im Gegenteil. Nicht selten wird es ein „Plan B" und sollte der auch nichts werden, dann hat das deutsche Alphabet schließlich noch weitere, über 20 Buchstaben für mich im Angebot.

Als ich in unseren Standplatz einfahre, sehe ich, wie am anderen Ende unserer Haltebucht eine große Menschenmenge auf die Taxen zugeht. Sie kommen aus dem Bahnhof und gehen zielstrebig auf die Taxen zu. Viele Koffer sehe ich auch zwischen den

Füßen. Scheint ein großer Zug gekommen zu sein. Ich melde mich an. Das Display zeigt mir Platz 14. Ich überschlage kurz und rechne mir eine Wartezeit von etwa 30 Minuten aus bis ich wieder auf der Straße bin. Da geht. Das ist in Ordnung. Ich parke und zünde mir erst mal eine an. Seit der Curry-Wurst bin ich nicht mehr zum Rauchen gekommen. Habe es nicht bemerkt von dem ganzen Stress. Na ja, Stress ist natürlich völlig übertrieben. Wenn man es genau betrachtet, mache ich hier nichts anderes als spazierenfahren. Und wenn sich meine Kundschaft ihre eigenen Termine zu knapp setzt, nicht mein Problem. Warum soll ich in Panik geraten, weil sich einer meiner Kunden um wenige Minuten verspätet? Fällt mir nicht ein. Und dann soll ich vielleicht sogar noch meinen Führerschein riskieren und zu schnell fahren? Klar, auch noch! Meine Gedanken schweifen schon wieder ab, als mich ein Kollege aus meinen Tagträumen reißt. „Fahr endlich vor, schläfst du?" Und schon knallt die Beifahrertüre zu. Oha, die Warteschlange ist verschwunden und ich kann vorziehen bis auf den ersten Platz! Das ging ja schnell! Ich steige aus und lehne mich an meinen Kotflügel. Die Zigarette tut gut. Auch wenn der Winter sich langsam immer deutlicher zeigt. Ein unangenehmer, kalter Wind bläst durch die Gassen. Ich falte meinen Kragen nach oben und ziehe meinen Reißverschluss noch etwas weiter zu. „Nehmen Sie auch Bäume mit?" Ich drehe mich um. Ein junger Bursche, etwa 20 Jahre alt, steht mit einem zwei Meter großen Tannenbaum vor mir. „Den haben wir gerade gekauft, aber im Bus ist der echt schlecht zu transportieren." „Das hatte ich jetzt auch noch nicht, aber wenn er in den Kofferraum passt, wegen mir…" Er passt. Zwar nicht wirklich gut, aber er passt. Der Christbaumträger und seine zwei Kumpels steigen ein. „Panoramastraße auf dem Hochsträß, kennst die?" „Ja, logo." Und schon fahren wir aus der Stadt. „Ich hatte schon einige merkwürdige Transporte, aber ein gestohlener Christbaum ist heute das erste Mal." Der Typ hinter mir: „Du Depp hast dem Taxifahrer gleich erzählt, dass wir den Baum gestohlen haben? Bist du bescheuert?" Der neben mir: „Woher wissen Sie, dass wir den Baum gestohlen haben?" „Ganz einfach: Ihr habt alle drei einen sitzen. Außerdem eine Fahne die für fünf Jungs reicht. Ihr kommt von dem Weihnachtsmarkt und nicht von den Weihnachtseinkäufen. Außerdem, am Samstagabend um 22 Uhr ist es etwas schwer einen Christbaum zu kaufen. Eingepackt in ein Netz, so wie man sonst einen Christbaum erhält, den man gekauft hat, ist er auch nicht, also? Was bleibt übrig? Ihr habt den in eurem Suff an irgendeiner Hausecke aus dem Christbaumständer gezupft, dreckig gelacht und habt euch aus dem Staub gemacht. Stimmts?" „Verdammt, ist das so offensichtlich?" „Ja, ist es. Zumindest wenn man euch drei nur ein klein wenig beobachtet, ist es nicht schwer, das zu erraten!" Hinten rechts rülpst es als Antwort. „Tschuldigung, ist mir, raus- „hicks" rausgerutscht." „Macht es dir etwas aus?" „Was?" „Na, der Christbaum hinten in deinem Kofferraum? Ist das für dich trotzdem in Ordnung?" „In meinem Kofferraum ist ein Christbaum? Habe keinen gesehen, tut mir leid." Stille im Auto. Der Christbaumträger sieht mich verwundert an. Aber es dauert nicht lange, und er versteht was ich meine. Ich weiß einfach (mal wieder) von nichts. Er grinst nach vorne durch die Frontscheibe, nickt langsam vor sich hin und ich meine ein Lächeln in seinem Gesicht zu erkennen. Ich drehe das Radio etwas lauter. Themawechsel. „Seid ihr heute schon länger unterwegs?" „Seit heute Mi- „hicks" heute Mittag schon! Bin völlig am Ars- „hicks" völlig im Eimer!", meldet sich hinten rechts. Aha, ja, so ähnlich habe ich das auch eingeschätzt. „Aber für heute reicht es uns. Und den Baum, den schenke ich jetzt meiner Freundin." „Na die wird sich aber freuen. Bekommt sie sicherlich auch nicht jeden Tag!" „Ja! Genau das habe ich auch gedacht!" Ich vermute mal, dass er überhaupt nichts gedacht hat. Er hat sich eher hinterher gefragt, was er jetzt mit einem gestohlenen Baum machen soll. Und dann kam ihm die rettende Idee, ihn doch einfach zu verschenken. So wird es sein. Ich behalte aber dieses Mal meine Gedanken für mich.

„Wir sind da, hier links und dann kannst gleich anhalten. Es ist das Eckhaus gleich rechts." Ich parke. „Macht 26,50. Ich lade schon mal euren Baum aus." Sie geben mir 30 und möchten meine Nummer. Ich sei cool. Und wenn sie mal wieder einen Baum zu fahren hätten, dann bräuchten sie schließlich eine Nummer die sie anrufen könnten… Läuft!

Als ich auf der Rückfahrt nach Ulm bin, ruft der „Christbaum" noch mal an und bedankt sich. Sie hätte sich gefreut. „Na dann, prima, bis bald mal wieder, Grüße!", und lege auf. Seine mir angezeigte Nummer werde ich unter „Christbaum" abspeichern. Dann weiß ich beim nächsten Anruf gleich Bescheid.

07 – Wohin?

Immer noch erster Tag, Nachtschicht, Samstagabend.

Ich bin noch nicht mal zurück in Ulm, da klingelt mein Handy. „Kapuze ruft an" steht auf dem Display. „Ja bitte?" „Ähm, ja, ich noch mal, ähm, steht dein Angebot noch? Ich meine, du fährst heute noch weiter weg?" Meine Schicht war bis heute noch nicht besonders lukrativ, und die letzten Tage ebenfalls. Wenn der jetzt mit mir wirklich etwas weiter fortfahren will, dann kommt mir das gerade gelegen. „Ja, bin gerade frei. Wann? Jetzt?" „Ja, bitte, ähm, bis wann hast du Zeit?" „Wie bis wann?" „Na, wenn wir jetzt losfahren, bis wann musst du wieder hier in der Stadt sein? Oder ist das egal?" Oha, so lange wird die Fahrt andauern? „Tja, ähm, lass mal kurz laut überlegen: Es ist Samstagabend, am Sonntag in der Tagschicht fährt niemand auf dem Auto. Da steht es also ohnehin. Ab Sonntagabend fahre ich wieder selber bis Montagfrüh. Ab Montagfrüh fährt mein Chef wieder selber. Also, Montagfrüh, da wäre es ganz gut, wenn ich das Taxi wieder meinem Chef geben könnte. Aber da sind wir auch ziemlich flexibel. Ich muss ihn nur vorher informieren. Wie lange sind wir denn unterwegs? Wird das wirklich so lange dauern?" Stille am anderen Ende der Leitung. Ich höre ihn nur atmen. Etwas raschelt im Hintergrund. „Hallo? Bist du noch dran? Was ist denn los?" „Ähm, ja, entschuldige, kann gerade nicht so gut reden und am Telefon möchte ich auch nicht sprechen. Können wir uns kurz treffen? Jetzt gleich? Unten am Parkplatz?" „Bin gleich da, fünf Minuten. Bis gleich!" Ich weiß nicht genau warum, aber ich habe so ein Gefühl, ein Gefühl, dass ich helfen muss. Irgendeine Ahnung, dass er Hilfe braucht, in Schwierigkeiten ist. Ich kann es nicht genau deuten. Irgendeinen Helferinstinkt weckt er in mir. Kenne ich so von mir nicht. Und das nur, weil mich ein Kapuzenkunde anruft? Verstehe ich nicht, aber ich mache mir zu diesem Zeitpunkt auch nicht so sehr Gedanken darüber. Ich fahre recht schnell. Zu schnell um genau zu sein. Aber mein Führerschein ist mir in diesem Moment nicht wichtig. So kenne ich mich nicht. Ich weiß im Moment noch nichts und trotzdem fahre ich viel zu schnell.

Ich parke. Es regnet und graupelt gerade in Strömen. Er steht unter dem Vordach vor dem Hoteleingang. Die Kapuze über den Kopf gezogen, aber seine Augen lugen dieses Mal unter dem Rand seiner Kapuze hervor. Sein Kopf ist gesenkt und seine Hände tief in seinen Taschen vergraben. Er sieht unwirklich aus, verloren, kalt, frierend, alleine, ängstlich. Wie ein hilfloses, zusammengekauertes kleines Tier, das Schutz sucht. Eine wirklich seltsame Mischung aus allem auf einmal. Ich stelle den Motor ab. Aber er bleibt wie angewurzelt stehen. Er regt sich nicht. Sonst springt er regelrecht in mein Auto, jetzt nicht. Er hat mich mit seinen Augen fixiert und steht einfach nur da. Ich öffne meine Tür, gehe auf ihn langsam zu und rufe schon von Weitem: „Alles in Ordnung?" Keine Antwort. Nur sein Blick. Als ich näherkomme, glaube ich meinen Augen nicht zu trauen! Ich erlebe ja wirklich einiges! Lerne sehr viele fremde Menschen kennen. Dabei lernt man auch sehr schnell wie fremde Menschen einzuschätzen sind. Aber das hier! Das überfordert mich nun doch! Denn, er ist eine Frau! Es ist gar kein Kerl! Ein Mädel!! Eine Frau, eine junge Frau mit weinenden, dunkelbrauen Augen! Kurz bevor ich vor ihr stehe, nimmt sie langsam ihre Hände aus ihren Hosentaschen, und mich in den Arm! Sie drückt mich leicht und vergräbt ihren Kopf in meinen Armen. Ich nehme sie auch in den Arm. Sie drückt mich nun stärker. Meine Umarmung wird ebenfalls kräftiger. So stehen wir einige Minuten da. Nach einiger Zeit höre ich, wie sie leise seufzt. Sie lässt mich wieder lockerer, sieht mit ihren verheulten, braunen Augen zu mir hoch, und sagte leise: „Danke." Ich bekomme weiche Knie! Mir wird es mulmig! Es ist eigentlich ja nichts passiert, im Gegenteil, bis eben war ich noch in der Annahme, dass er, ich meine sie, dass sie ein Kerl sei! Aber das ist sie ja nun schon mal nicht. Und warum er, ich meine, warum sie hier steht und heult, das weiß ich ja auch noch nicht. Aber ich bin gerührt. Sehr gerührt. Sie sieht mich von unten herauf an und ich bekomme erneut etwas weiche Knie. Mit leiser, wackliger Stimme sagte sie: „Können wir reden? In deinem Taxi? Bitte!" Ich nicke. Ich nehme sie in den Arm und führe sie zum Auto. Sie wirkt schwach. Gebrechlich. Auf eine seltsame Art und Weise entkräftet. Als ob sie schon sehr lange auf den Füßen wäre. Ohne Rast seit Tagen unterwegs ist. So in etwa.

  Einige Minuten sitzen wir einfach im Auto. Sie sieht aus dem Fenster und sagt nichts. Ich sage auch nichts. Der Regen prasselt auf das Autodach. Der Motor läuft und der Scheibenwischer schmiert ratternd über die Windschutzscheibe. Er nervt. Ich stelle ihn ab. Nun ist nur noch das brummen der Heizung und der Regen zu hören. Immer wieder zwischendrin schnäuzt sie in ihr Taschentuch. Ich bin etwas überfordert mit der Situation. Ich bin mir nicht sicher was ich machen, oder was ich sagen soll. Ich bin selber verunsichert. Sie schnieft erneut. Wie wenn man eben bis gerade geweint hat. Ich gebe ihr ein weiteres Taschentuch. Da sitzt sie nun wie ein Häufchen Elend zusammengekauert auf meinem Beifahrersitz und schnieft. „Kann ich dir irgendwie helfen, etwas für dich tun?" Sie senkt den Kopf, sieht auf den Boden, schnäuzt noch einmal in ihr Taschentuch: „Ich muss nach Italien." Ihre Stimme zittert. „Ich glaube er wurde entführt. Aber mir will niemand glauben. Ich will ihn aber doch wieder nach Hause holen." Ich versteh kein Wort. „Ähm, du willst was? Nach Italien? Mit mir? Im Taxi? Du bist dir sicher was du da möchtest? Und was du sagst? Und vor allem, was das kosten wird? Außerdem, von wem zum Geier sprichst du? Wer wurde entführt?" Mein Mitgefühl weicht dem Misstrauen bei dem Gedanken, dass wir hier über eine Fahrt von ein paar Tausend Euro sprechen! Ihre Stimme klingt zerbrechlich, sie zittert: „Hör zu. Er wurde entführt, ich weiß es. Ich kenne ihn sehr gut. Er würde niemals einfach so verschwinden. Er hat mit mir telefoniert, Bildtelefon, und im Hintergrund habe ich, ich meine, ich habe ein Straßenschild gesehen. Ich habe es im Internet gesucht. Und auch gefunden. Es ist in Italien. Das war nicht mit Absicht. Er wollte, oder vielleicht sollte, er sollte nicht sagen, wo er gerade ist. Er hat es auch nicht gesagt, aber ich habe das Schild gesehen. Das war ein Versehen. Ich bin mir sicher. Es muss etwas passiert sein! Aber meine Eltern, und meine Schwester…" Ihre Stimme versagt erneut. „Ähm, verzeih, ich komme nicht ganz mit, von wem sprichst du? Wer wurde entführt? Und warum? Und wieso sind deine Eltern und deine Schwester…? Sorry, aber ich kapiere echt nicht, was du mir sagen möchtest." Sie weint erneut. Ich nehme sie in den Arm. Als sie sich wieder gefangen hat, erzählt sie weiter: „Mein kleiner Bruder, er, er ist erst kürzlich 20 Jahre alt geworden, er hat es nicht so mit dem Geld, er, er hat, na ja, er hat Schulden. Einen ziemlich großen Betrag. Wieviel es ist, weiß ich nicht genau. Er wollte zu seinem Geburtstag einen auf dicke Hose machen. So mit fettem Auto, Megaparty, einem kompletten Klub für einen Abend zur Geburtstagsfeier angemietet, na ja, und so weiter. Und die Kohle dafür hat er sich geliehen. Von verschiedenen, fremden Typen. Er hat sich dabei aber leider mit den falschen Menschen eingelassen. Das sind kriminelle und die haben ihn entführt. Die wollen jetzt ihr Geld zurück. Wahrscheinlich haben sie ihn entführt, um mit ihm meine Eltern zu erpressen. Meinem Vater gehört eine große Firma. Eine Spedition. Er hat Geld. Und das nicht zu knapp. Aber er hat meinem kleinen Bruder den Geldhahn zugedreht, damit er auch lernt mit dem Geld umzugehen. So sagt er es jedenfalls. Hat aber irgendwie noch nicht ganz funktioniert bei ihm. Jedenfalls hat er sich von ein paar komischen Typen eine ganze Stange Geld geliehen, um damit seine

Hobbys und seine teuren Spielsachen zu finanzieren. Ja, und nun haben die ihn sich geschnappt, weil er es nicht zurückbezahlen kann. Vielleicht soll er die Schulden auch abarbeiten. Ich weiß es nicht. Aber das würde Monate dauern, wenn nicht Jahre! Ich will ihm helfen, verstehst du? Verstehst du, um was es mir geht?" Ja, so langsam verstehe ich, was sie meint. „Was sagen deine Eltern und deine Schwester dazu?" „Meine Eltern meinen, er muss sich vorher überlegen, mit wem er sich einlässt. Wenn er Geld bräuchte, könnte er in der Firma arbeiten. Aber für den Lohn von einem Hilfsarbeiter, sagt mein Bruder, fasst er beim Alten in der Firma nichts an. Da ist er sich zu schade. Außerdem würde ihm mal eine Lektion ganz guttun, hat mein Vater noch gesagt. Und meine Schwester, sie ist die mittlere von uns drei, die ist mehr mit sich selber beschäftigt. Sie glaubt bald entdeckt zu werden und bald als Model zu arbeiten. Sie treibt sich nur noch auf den angesagten Partys der Stadt rum, lässt sich von einem nach dem anderen abschleppen, und glaubt so, in die Modewelt oder zu den Oberen dazuzugehören. Irgendwann ist sie beim Richtigen, meint sie. Sie kümmert sich nur noch um Friseurtermine, welche Schminke zu welchem Anlass wohl besser ist, und verzweifelt, wenn sie nicht das passende, nicht weit genug ausgeschnittene Kleid im Schrank für den Abend hat. Sie versucht mit allen Mitteln einer Frau, die Männer auf sich aufmerksam zu machen. Wenn ich meinem Bruder also helfen will, dann muss ich das ohne die drei machen. Verstehst du?" „Ja, kapiert. Und, was ist mit deiner Mutter?" „LASS MEINE MUTTER AUS DEM SPIEL!!" Oha! Habe ich etwas verpasst?!? Mütter sind doch die mit… na ja, für die Kinder, ich meine, und so… Nicht? „Entschuldige, ich wollte dich nicht anschreien, ich, ich weiß im Moment einfach nicht mehr weiter. Das, das du, du kannst das nicht wissen, ich möchte über meine Mutter nicht sprechen, ja? Es tut mir leid. Kannst du mich nach Italien fahren, meinen kleinen Bruder dort holen? Ich schreie dich auch nicht mehr an, versprochen!" und dabei sieht sie mich von unten herauf, mit ihren dunkelbraunen Augen an, Herrgott echt! Völlig egal wohin sie will: „Klar, ich packe das nötigste und hole dich hier in, sagen wir, ich bin um Halb wieder hier, ja?" „Danke! Dann bis gleich, ich weiß echt nicht mehr weiter. Lass mich bitte nicht im Stich, ich habe sonst keinen, jedenfalls keinen, dem ich das anvertrauen kann. Verstehst du?" Sie wischt sich eine Träne aus dem Gesicht. „Geht klar, ich helfe dir! Zumindest so weit ich dir helfen kann. Versprochen!" Sie senkt ihren Blick, seufzt nochmal, und ich meine ein leises „Danke" gehört zu haben. Sie sieht mir einen kleinen Moment sehr tief in die Augen, ich schmelze, nimmt mein Gesicht in ihre Hände und küsst mich auf die Backe. „Bis gleich!" und steigt aus. Eine wohlige Wärme scheint sich in mir auszubreiten. Ich sehe ihr noch nach. Aber der Fußweg verschwindet schon nach wenigen Metern hinter den Hecken. Ich bin immer noch wie versteinert. Was für eine Frau!

08 – Packen!

Und immer noch erster Tag, Samstagnacht.

Auf der Fahrt zu mir nach Hause fällt mir auf, dass wir noch kein Wort über den Fahrpreis verloren haben. Wie auch, ich habe ja auch noch keine Ahnung, wohin es genau geht. Italien! Das kann oben im Norden, in der Toskana sein, kann aber auch unten in Sizilien sein! Oder auch auf Korsika oder Sardinien! Meine Gedanken fangen schon wieder an zu kreisen! Verdammt, wir müssen uns doch nochmal unterhalten! Zumindest über das Geld! Und mein Chef! Ich muss meinem Chef Bescheid sagen! Oder besser nicht? Was, was wenn, na, wenn er dagegen ist? Nein, ich sag nichts! Charly! Dem werde ich es sagen! Oder? NE! Wenn ich wieder zurück bin! Genau, dass wird eine Hammer Geschichte! Ha! Ja genau, so mache ich es! Aber meinem Chef muss ich schon etwas sagen, ist ja schließlich auch sein Auto! Aber, ich glaube, dass reicht noch, wenn ich ihm am Sonntagabend eine E-Mail schicke, dass er am Montag früh noch etwas ausschlafen kann! Ha! Der wird Augen machen! Der wird richtig blöd aus der Wäsche gucken! Schade, dass ich sein Gesicht nicht sehen kann, wenn er hört, dass sein heißer und innig geliebter Mercedes gerade am Mittelmeer parkt! Ja, das wird super! Ich schicke ihm einfach ein Foto! Noch besser! Genau! Sein Taxi im Hafen und im Hintergrund das Meer oder so. Und ohne Kommentar! Soll er sich doch selber Gedanken machen wo ich sein könnte!

Das wird ein Spaß! Wenn der aufwacht, und als erstes das Bild auf seinem Handy sieht, ich glaube der war noch nie so schnell wach! Das wird ihn schneller auf Trab bringen als sein Kaffee, da bin ich mir sicher! Vielleicht bin ich bis dahin auch schon wieder zurück! Dann hat sich das eh erledigt. Meine Karte! Meine Bankkarte! Die brauche ich in jedem Fall noch! Oder gleich meine Kreditkarte? Genau! Schadet nie, wer weiß für was ich die noch brauche! Und Schlafzeug! Meine, meine, ich brauche, was brauche ich eigentlich alles? Ich verreise doch nicht zum ersten Mal! Oder? War ich schonmal in Italien? Ja, vor, wann war das eigentlich? Egal. Und, und eine Zahnbürste, und mein Rasierzeug, habe ich frische Klamotten an? Ich brauche noch Klamotten! Ist es dort warm? Brauche ich eine Badehose? Nein, es ist doch Winter! Herrje, was brauche ich eigentlich sonst noch? Mann! Konzentrier dich! Ich sage zu mir selber, dass ich mich zusammenreißen soll! Das kann ja etwas werden. Meine Kundin, die, na ja, wie sagt man da, die selber nicht weiß was eigentlich los ist. Und ich? Ich bin der perfekte Gegenspieler! Ein Nervenbündel, das sich selber sagt, er solle sich zusammenreißen! Das kann ja etwas werden! Wo war ich gerade stehengeblieben? Ach ja, packen! Wo ist meine Tasche? Oder ist ein Rucksack besser? Ne, meine Sporttasche! Die nehme ich. Die müsste locker reichen. Boa, verdammt, ist die eingestaubt! Ich war aber auch wirklich schon länger nicht mehr im Sport. Aber waschen kann ich die jetzt auch nicht mehr. Keine Zeit dafür. Shit! Ein feuchter Lappen muss jetzt als Wäsche für die Tasche reichen! So, alles rein und los! Man man

man, bin ich aufgeregt! Italien! Mit dem Taxi! Ich flippe aus! Und dann noch so eine süße kleine Maus! Ich weiß nicht mal wie alt sie ist! Hat sie das schon erwähnt? Ne, aber ihr Bruder, der ist kürzlich erst 20 geworden! Ja, das hat sie gesagt. Und dass zwischen ihr, und ihrem Bruder, es noch eine Schwester gibt. Wenn die alle, so wie die meisten Geschwister, drei bis vier Jahre auseinander sind, dann dürfte sie so um die 27, vielleicht 29 Jahre alt sein. Neunundzwanzig?!? Dann ist sie ja so alt wie ich!?! O.k., fast, ich bin jetzt 31. Aber wenn ich gefragt werde, dann sage ich gerne neunundzwanzig. Hört sich doch gleich viel besser an?! Und wenn wir schon einmal dabei sind, ich weiß noch nicht mal ihren Namen. Wie sie wohl heißt? Das wird sie mir schon noch erzählen, schließlich haben wir einige Stunden Zeit zum quatschen im Auto. Da werde ich sicherlich noch viel, viel mehr von der kompletten Familiengeschichte erfahren. Im Taxi sind die Menschen ohnehin sehr redselig. Bin ja schon gespannt. Was sagte sie? Ihr Dad hat eine Firma? Den Namen der Firma nannte sie nicht. Ich kann mich jedenfalls an keinen Namen erinnern. Ob sie wohl einen Freund hat, oder sogar schon verheiratet ist? Aber dann würde sie sich doch eher ihrem Typen anvertrauen, als einem fremden Taxifahrer. Also hat sie keinen Freund. Punkt. Ich weiß von keinem, also hat sie auch keinen. Da bin ich mit mir einer Meinung! Was wohl noch so alles raus kommt? Familiengeschichten? Vielleicht sogar Familiengeheimnisse? Dunkle Geheimnisse? Schwarze Schafe in der Familie? Der kleine Bruder ist bestimmt eines der schwarzen Schafe! Und was ist mit ihrer Mutter? Über sie wollte sie gleich mal gar nicht sprechen. Was wohl mit ihr los ist? Und jede Familie hat doch irgendwelche Leichen im Keller! Zumindest behauptet das der Volksmund. Und eine Familie mit Geld? Eine reiche Familie? Haben die nun mehr Leichen im Keller oder weniger? Hm, mehr Geld für einen großen Keller, also auch mehr Platz für mehr Leichen im Keller! Ja! Genau so wird es sein! Nein, du spinnst doch schon wieder rum, sage ich mal wieder zu mir selber. Jetzt mal Spaß beiseite! Vielleicht sind die ja ganz nett. Moment mal! *„Vielleicht sind die ja ganz nett?"* Haben die mich schon eingeladen? Sehe ich mich schon zum nächsten großen Familienfest eingeladen? Ich? Bei den Reichen? Spinn dich aus! Als Taxifahrer? Nicht wirklich! Ich werde ihnen eine passende Geschichte erzählen! Ja, erzählen müssen. Dass ich praktisch nur so nebenher ein bisschen Taxi fahre, um mich selber zu finden. Ja genau! So werde ich das machen! Das Taxi fahren ist für mich wie eine Auszeit! So wie andere ein Jahr nach weiß der Herr wohin Reisen, so fahre ich halt eben, weiß der Herr wohin, spazieren. Genau, guter Plan! Mir wird schon etwas Passendes dazu einfallen. Jetzt reiß dich aber mal wirklich zusammen! Schließlich fährst du nur mit einer verzweifelten Kleinen nach Italien, um ihren entführten Bruder aus der Kreditmafia zu befreien! Moment! Mafia? Kreditmafia? Haben die Waffen? Pistolen? Schießen die dann auch noch auf uns? Ich kann doch meinem Chef sein Taxi nicht zurückbringen mit Einschusslöchern?!? Der macht mich rund wie eine Keksdose! Der reißt mir den Kopf ab und scheißt mir in den Hals, wenn ich ihm seinen heiligen Daimler nicht wieder unversehrt vor die Türe stelle! Der faltet mich zusammen, dass ich in keinen Schuh mehr passe! Was, was ist, wenn die uns stattdessen einbehalten? Zum Arbeiten? Oder sie uns foltern? Oder sie missbrauchen uns als Drogenkuriere oder so? Na ja, das wäre ja gerade so in Ordnung und ginge ja noch. NEEEII-INN! WAS REDE ICH HIER?!? Ich will wieder Heim!! Verdammt! Schon wieder ist es passiert! Schon wieder geht meine Fantasie mit mir durch! Pack um Himmels Willen endlich deinen Kram zusammen und hole verdammt noch mal die Kleine ab, schimpfe ich mit mir selber! Schließlich weiß sie ja genauso wenig von dir! Sie hat doch auch keine Ahnung, auf wenn sie sich da eingelassen hat! Mit wem sie es überhaupt zu tun hat! Wem sie sich da anvertraut hat, und was du für ein Typ bist, der mit ihr nun Hunderte, wenn nicht gar Tausende von Kilometern zusammen durch halb Europa fährt! Schließlich ist die Berufsgruppe der Taxifahrer auch nicht gerade die mit dem größten Vertrauensvorschuss! Eigentlich muss SIE sich viel mehr Gedanken machen als du selber! Oh, verdammt, kurz vor halb, ich muss los! Sie wird schon warten.

09 – Die Abholung

Erster Tag, immer noch, Samstagnacht.

Ich muss mich beeilen, denn beim Packen für diesen Wochenendtrip habe ich wohl etwas, allerdings nur ein klein wenig, die Zeit aus den Augen verloren. Keine Ahnung wie mir das passieren ist. Irgendwie muss ich ein bisschen abgelenkt gewesen sein. Seltsam, so kenne ich mich eigentlich nicht. Irgendwie spukt sie ständig in meinem Kopf umher. Und das schon, na ja, seit sie eben das erste Mal bei mir in mein Taxi zugestiegen ist. Und da habe ich sie schließlich noch für einen Typen gehalten!

Inzwischen ist es dunkel auf den Straßen geworden und der Verkehr hat sich noch etwas mehr gelichtet. Nur vereinzelt fahren noch ein paar Nachteulen durch die Gegend, und auch die Fußwege sind wie leergefegt. Ungewöhnlich, an einem normalen Samstag ist um diese Uhrzeit in der Nacht noch einiges geboten. Besonders an den Tagen vor Weihnachten. Aber in diesem Jahr scheint alles ein wenig anders zu laufen wie gewohnt.

Ich parke, sie ist nicht zu sehen. Und dabei bin ich fast 15 Minuten nach der vereinbarten Zeit. Vielleicht ist sie ja auch noch mitten beim Einpacken ihrer Sachen. Und bestimmt ist sie dabei noch viel panischer wie ich, schließlich ist sie eine Frau. Und die haben es erstens mit dem Packen nicht so, und zweitens muss ja der halbe Hausstand mit. Einen Koffer für die Schuhe, einen für die Unterwäsche, einen für die Jacken und Schals, ein Glück, dass mein Taxi einen großen Kofferraum hat. Wird schon alles hineinpassen. Zeit noch eine zu rauchen, bevor wir uns auf den Weg machen.

Es schneit ganz leicht. Ich steige aus, lehne mich an den warmen Kotflügel meines Taxis, und zünde mir eine an. Der Rauch, den ich von meiner Zigarette auspuste, bleibt sehr lange in der Luft sichtbar. Es ist beinahe Windstill. Die Schneeflocken glitzern im gelben Licht der Straßenlaternen. In Gedanken gehe ich noch mal meine eingepackten Dinge durch. Ausweis, Unterwäsche, Bankkarte, brauche ich eigentlich eine Vignette für die Autobahn? Ja, die bekomme ich aber auch noch kurz vor der Grenze. Das eilt jetzt nicht. Ach so, das mit dem Fahrpreis, ja, darüber müssen wir uns noch einmal unterhalten. Davon haben wir bis jetzt kein Wort verloren.

Ein Laster fährt langsam vorbei. Von dem Fahrer sehe ich nur seine Umrisse und die Glut seiner Kippe. Er hat sein Fester offen und seine Kippe hängt lässig im Mundwinkel. Er starrt mich im Vorbeifahren an. Ich spüre regelrecht seinen Blick. Was ist? Habe ich Currywurstsoße im Gesicht? Ich versichere mich noch einmal, dass mich niemand beobachtet, und betrachte mich sicherheitshalber in meinem Außenspiegel. Hm, nichts zu sehen. Prophylaktisch wische ich mir noch einmal um meinen Mund und sehe an mir herunter. Klamotten auch sauber. Weiß der Henker was der sich dachte als er mich anglotzte. Vielleicht war es auch einfach ein Trottel, ein Idiot, der überhaupt nichts dachte. Einer, der einfach nur blöd glotzte. Ich lehne wieder an meinen Kotflügel. Die

Wärme des Motors dringt durch meine Jeans. Wo sie wohl bleibt? Ach ja, sie packt gerade panisch ihre sieben Koffer.

„Hey!" Ich zucke zusammen und drehe mich ruckartig um. Sie steht direkt vor mir. Ihre Haare, dunkelblond, schulterlang, liegen leicht auf ihrer Schulter auf. Sie trägt eine weiße Bluse mit einem großen Kragen und einen hellgrauen Mantel mit großen schwarzen Knöpfen. Ihre großen, braunen Mandelaugen, fixieren die meinen. Ein feiner Duft geht von ihr aus. Mir fällt meine Kippe aus der Hand. Aber das macht nichts, ich bekomme eh kein Wort mehr heraus und den Mund nicht mehr zu. „Entschuldige, ich bin nicht rechtzeitig fertig geworden, habe mich wohl etwas verschätzt." „Bl… pff… saaahh… ja, äh, passt schon. Ne, ja, ich meine, alles, alles o.k., bin auch gerade erst gekommen. Ha- hab nur eine geraucht." „Ok, dann bin ich beruhigt. Wir, wir haben noch nicht über den Preis gesprochen. Ich habe dir ja auch noch nicht gesagt wohin es geht. Das blöde ist aber, dass ich auch nicht wirklich weiß wohin es geht. Zumindest nicht genau. Aber ich habe auch keine Ahnung, wie wir das machen könnten. Ich habe nur den Namen einer Stadt. Einer Stadt in Italien. Meinst, wir bekommen das hin? Ich möchte dir auch eine Anzahlung im Voraus geben, denn du musst den Sprit und so ja auch vorstrecken." Sie streckt mir ein Bündel mit eingerollten Hunderteuroscheinen entgegen. Ich nehme das dicke Bündel entgegen und entferne das Band. Das sind 30 Stück! Ok, damit kommen wir erst einmal ein ganzes Stück weit! Moment, was sagte sie eben? Das ist eine Anzahlung? Na gut, am Geld scheint es ja nicht zu fehlen. „Meine bisherigen Fahrgäste wussten in aller Regel wohin sie wollten. Ich weiß noch nicht wohin wir fahren werden, möchte es aber in jedem Fall im Voraus wissen. Vielleicht sollten wir mal ein wenig Klartext sprechen, ehe wir hier bündelweise das Geld hin und her schieben. Und wenn wir schon dabei sind, wie heißt du eigentlich?" „Ich heiße Sarah. Sarah Sperling." „Ich bin der Niklas. Niklas Maurer. Nik, für meine Freunde. Und natürlich für dich auch." „O.k., Niklas, dann lass uns kurz in mein Haus gehen. Dort können wir in Ruhe reden. Meine Tasche steht dort auch noch im Flur. Und die sollte schon auch noch mit." Sie dreht sich um und läuft vor mir her. Ich folge ihr automatisch wie ein Schatten. Der Schneefall ist stärker geworden. „Verdammt, Sarah, warte bitte kurz, ich sollte das Auto noch verschließen. Und den Schlüssel sollte ich auch nicht gerade im Zündschloss stecken lassen." Ich renne die paar Schritte zurück und verschließe mein Taxi. Als ich wieder bei ihr bin, grinst sie mich keck an. Wir gehen zusammen durch schmale Fußwege. Hinter dem Hotel befinden sich kleine Einfamilienhäuser aus der Nachkriegszeit. Ich schätze aus den 60ern und 70ern. Sie öffnet ein kleines, schmiedeeisernes Gartentürchen. Der Garten ist sehr gepflegt. Auch wenn er gerade in der Winterstarre ist, erkennt man es deutlich, dass sich hier eine kundige Hand um ihn kümmert. Man sehnt sich geradezu nach dem Frühling. Einfach, um ihn wieder nutzen zu können. Ein kleiner, teilweise zugefrorener Teich, ein noch kleinerer, trockener Bachlauf mit einer winzigen Brücke, ein kleiner Rosenhügel, ein Vogelhäuschen auf einem

Pfahl, eine Parkbank unter einem Baum, und in der Ecke eine verspielte Laube aus Holz. Das muss im Sommer ein kleines Paradies sein. Und das fast schon mitten in der Stadt. Wie eine kleine grüne Oase. Ziemlich cool, muss ich schon sagen. Wir kürzen in dem Garten den Fußweg ab, und gehen durch die Wiese auf die Terrasse zu. Der gefrorene Rasen knirscht unter meinen Schuhen. Ein Schlüsselbund klimpert und Sarah geht zwei hölzerne Stufen zu ihrer überdachten Terrasse hoch. Ich folge ihr. Als sie die Tür öffnet und direkt in ihr Wohnzimmer eintritt, bleibe ich stehen. Ich weiß nicht warum, aber ich traue mich nicht einzutreten. „Niklas? Komm rein! Es wird kalt!" Wiederwillig trete ich ein, fühle mich aber unwohl, unsicher. Irgendwie traue ich mich nicht. Ich meine ich betrete ihren, ihren, na ihr persönliches Zimmer, ihre Privatsphäre, die ich nicht verletzen möchte. Es war seltsam. Unbehagen machte sich in mir breit. „Bitte, setz dich." Mit angezogenen Schuhen und Jacke sitze ich mit halbem Hintern auf dem Stuhl am Esstisch im Wohnzimmer. Absprungbereit. Bereit, sofort aus diesem kleinen Zimmer flüchten zu können. Das Häuschen ist putzig. Wie ein kleines Hexenhäuschen. Sarah verschwindet in der Küche. Ich höre, wie sie geschäftig etwas werkelt und höre Gläser klirren. Ich sehe mich um. Sehr geschmackvoll eingerichtet. Nicht zu viel, aber alles hat einen Sinn und sieht sehr fein aus. Alles irgendwie so klein, so niedlich. Viele antike Dinge stehen herum. Eine Nähmaschine auf eigenen Füßen mit Riemen und einer Platte, die mit den Füßen angetrieben wird. Aber einen großen modernen Fernseher und eine exklusive

Musikanlage findet sich auch zwischen den alten Möbeln. Eine gelungene Mischung aus Edlem und Teurem auf der einen Seite, und auf der anderen Seite das Klassische und Antike. „Niklas, möchtest du einen Kaffee?" Sie hat ihren Mantel ausgezogen. „Gerne." Das Kaffeegeschirr scheppert auf dem Tablett. Sie gießt mir einen herrlich duftenden Kaffee ein. Ich sauge den Geruch regelrecht auf. Herrlich. „Gib mir deine Jacke, sonst friert es dich später draußen." Willenlos gehorche ich auf ihr Wort und streife mir meine Jacke ab. Als ich sie ihr gebe, berühren sich für einen kurzen Augenblick unsere Hände. Erschrocken sehen wir uns an. Sie nimmt mir meine Jacke ab und hängt sie an die Garderobe. „Danke", sage ich. Ich taue langsam auf. Das mit dem Kaffee, das zieht bei mir. „Also Niklas, hör´ zu, der Ort, an dem Tim festgehalten wird, heißt Montepulciano." „Wein! Das ist doch ein Wein! Ein sehr guter Wein! Ich liebe den! Den bekomme ich immer bei meinem Lieblingsitaliener!" „Ja Niklas, einen Wein gibt es auch mit dem Namen. Das habe ich inzwischen auch herausgefunden. Aber das hier ist der Ort an dem Tim festgehalten wird. Den Namen kann ich deutlich erkennen. Ich habe ein Foto von ihm, und im Hintergrund kann ich deutlich das Straßenschild lesen. Montepulciano ist laut diesem Straßenschild nur einen Kilometer entfernt." „Ich verstehe noch nicht ganz. Du siehst deinen Bruder auf einem Foto, mit einem Straßenschild von Moltodings im Hintergrund? Und das war es schon? Deshalb ist er doch nicht gleich entführt worden? Oder habe ich etwas verpasst? Oder woher weißt du, dass das alles ganz sicher so ist?" „Montepulciano. So heißt die Stadt. Es muss so sein. Mein Bruder hat Schulden! Jedenfalls hat er die Kohle mit beiden Händen zum Fenster raus geblasen. Mit seinen Partys und neuen Autos und was weiß ich was noch alles. Mein Papa hat ihm aber kein Geld mehr gegeben. Ja, und arbeiten geht er auch nicht. Also muss er Schulden haben. Denn etwas angespart, das hat er auch nie. Aber sich einfach so aus dem Staub zu machen, das ist nicht seine Art. Ich habe ein sehr, wirklich sehr gutes Verhältnis zu ihm, und mir hätte er hundertprozentig vorher etwas gesagt, ehe er einfach verschwunden wäre. Und nun ist er schon seit einigen Wochen mit meinem Auto verschwunden und keiner weiß etwas über ihn. Außer diesem einem Foto habe ich nichts." „Kann ich das Foto einmal sehen?" „Ja, klar." Sie steht von ihrem Stuhl auf, kommt um den Tisch herum und setzt sich neben mich. Ihr Parfüm steigt mir in die Nase. Es riecht gut. Sie hält mir ihr Handy vor mein Gesicht und öffnet das Bild. Ich sehe einen jungen Mann, hinter ihm das Straßenschild mit der Aufschrift „Montepulciano", neben ihm ein Mann in dunklem Anzug, etwa 50 Jahre alt, mit schwarzer Sonnenbrille und grauen, streng nach hinten gekämmten Haaren. Am Bildrand ist noch eine Frau zu erkennen. Auch mit einer Sonnenbrille und ernstem Gesicht. Etwas jünger wie der Sonnenbrillenmann neben ihr. Aber bestimmt auch um die 50. „Also, Sarah, bitte verstehe mich jetzt nicht falsch, aber dein Bruder sieht auf diesem Foto nicht gerade unglücklich aus. Ok, es könnte ein Selfie sein und ein Lächeln hat er nicht gerade im Gesicht. Aber dass er gefesselt und geknebelt ist, das sehe ich auch nicht!

Meinst du im Ernst, dass er entführt wurde?" „Ja, der Typ mit der Sonnenbrille, der hält ihn gefangen! Guck doch nur seinen schwarzen Anzug an! Das muss der Handlanger sein! Das sieht man doch auf einen Blick! Und die Frau, die ist sicher die Geldgeberin. Sieh dir doch nur an was die trägt! Die Klamotten sehen auf dem Foto ja schon sau teuer aus. Die stinkt doch schon nach Geld!" Sie redet sich in rasche. Aber so wie sie sich hineinsteigert, so beruhigt sie sich auch wieder, und wird wieder leiser. Letztendlich verzieht sie ihr Gesicht ängstlich und vermutet, dass ich jetzt abspringe. „Niklas, bitte! Bitte sag jetzt nicht nein!" Ich kann jetzt nicht absagen. Das kann ich nicht. Unmöglich! Erstens schaffe ich es nicht in ihre dunkelbraunen Mandelaugen zu sehen und „*Nein*" zu sagen, und zweitens hat sie mich ja schließlich auch schon bezahlt. Und das auch noch sehr großzügig. Aus der Nummer komme ich jedenfalls nicht mehr raus. Aber wenn ich Sarah so ansehe, dann **möchte** ich aus der Nummer auch nicht mehr raus! „O.k. Sarah, ich helfe dir. Wenn dein Bruder dort tatsächlich festgehalten wird, dann bekommen wir ihn, vielleicht, ich meine, wir bekommen ihn bestimmt wieder! Zumindest, ja mein Gott, irgendetwas wird uns schon einfallen. Ich bin jedenfalls dabei!" „Prima, dann lass uns aufbrechen! Nimmst du bitte meine Tasche? Ich geh noch kurz auf die Toilette und dann können wir los!" Sie gibt mir eine Tasche in die Hand, die glaube ich noch etwas kleiner ist als meine Sporttasche, und verschwindet in der Toilette. Wo hat sie nur ihr Gepäck? Ich sehe nicht einen einzigen Koffer! Kurze Zeit später steht sie wieder vor mir und schwingt ihren Mantel um ihre Schulter. Sie sieht mich fragend an: „Können wir?" „Äh, ja, wo ist denn dein Gepäck?" „Du hast es in deiner Hand. Ich brauche nicht viel." Kurz bin ich sprachlos. Eine Frau, die mit so wenig Gepäck verreist! Das muss ich erst einmal verdauen.

Wir verlassen das Haus wieder über die Terrasse durch den Garten. Der Terrassenboden aus Holzbrettern ist verdammt rutschig. Die Wiese knirscht wieder unter meinen Schuhen und es ist nochmal spürbar kälter geworden. Der Wind bläst jetzt eisig um die Ecken. Sie zieht mit einem lauten quietschen das kleine Gartentürchen hinter sich zu, bis es laut in sein Schloss fällt. Inzwischen kommen ziemlich dicke Flocken herunter und der Fußweg bis zum Parkplatz ist weiß bedeckt. Auf meinem Taxi ist eine Schneeschicht. Habe ich eigentlich Winterreifen aufmontiert? Ja, ich denke schon. Mein Chef ist da übervorsichtig. Ich hoffe, dieses Mal ist er es auch gewesen, denn jetzt ist es zu spät, um andere Räder zu montieren. Schließlich müssen wir Sarahs Bruder retten! Im Kofferraum stelle ich ihre Tasche neben die meine, unfassbar. Sie ist ein ganzes Stück kleiner als meine! Und vor allem viel leichter! Wenn mir das einer vorher erzählt hätte, ich hätte es nicht geglaubt. Egal jetzt, Deckel zu und los! Noch ein kurzer Blick auf die Reifen. Ja, Winterreifen. Sogar noch brauchbare. Das ist in Ordnung. Italien! Wir kommen! Ich kann es noch überhaupt nicht glauben! Passiert das alles wirklich gerade? Irre! Ich starte den Motor und parke aus: „Boa, kalt hier drin! Ganz schön abgekühlt. Ich dreh mal die Heizung auf!"

10 – Und los!

Immer noch erster Tag, Samstagnacht.

„Soll ich dir die Adresse in dein Navi eingeben?" „Gerne, wenn du magst. Ich kann den Namen eh nicht aussprechen." Sie tippt auf dem Display die Adresse ein. „So, fertig. Dein Navi behauptet etwas über 800 km und knappe 12 Stunden Fahrzeit bis zum Ziel. Behinderungen wegen Sperrungen seien auch noch auf der Strecke, steht hier. Das ist ja doch ein ganzes Stück. Das hätte ich nicht gedacht." „Mach dir keine Sorgen wegen der Strecke oder dem Fahren an sich, lass mich das mal machen. Überlege dir lieber wie wir deinen Bruder, wie heißt er nochmal? Tim? Jedenfalls, wie wir ihn wieder zurückbekommen. Ich denke, das wird noch viel schwieriger. Besonders wenn er tatsächlich wegen seiner Schulden entführt wurde! Wir werden ja kaum einfach bei denen an der Türe klingeln können, und die Entführer einfach bitten, dass sie uns deinen Tim wieder mitgeben!" Ich lasse mein Taxi aus dem Wohngebiet rollen und steuere den Autobahnzubringer an. Der Schnee knirscht unter den Reifen. „Ja, ja ich weiß was du meinst. Aber mit so etwas kenne ich mich auch nicht aus. Ich habe gehofft, dass du, also du vielleicht, du, also ich meine du als Taxifahrer, dass du, na dass du eben eine Idee haben könntest. Zumindest eine kleine Idee. Hast du doch bestimmt, oder?" Dabei sieht sie mich mit einem Blick an, wie aus den Augen eines Welpen… Ich habe natürlich nicht die geringste Ahnung, wie wir

Tim aus der italienischen Kreditmafia befreien können. Woher soll ich das auch wissen? Als ob die deutschen Taxifahrer das öfter machen würden… Nur, enttäuschen, bevor wir überhaupt richtig losgefahren sind, also das will ich sie auch nicht gerade. Wir sind ja schließlich eben erst gestartet. „Uns wird schon etwas einfallen. Mal sehen was dort wirklich los ist." Die Antwort scheint ihr zu genügen. Sie sieht nach vorne auf die Straße und wird still.

Die Stadtautobahn führt direkt nach Süden. Richtung Österreich ist es rund eine Stunde, wenn alles glatt läuft. Von dort ist es nicht weit und es geht dann gleich weiter nach Italien. Nur wenn das mit dem Schnee noch stärker wird, dann werden wir wohl zwischendrin eine Übernachtung einlegen müssen.

Wir sind bereits schon nach kurzer Zeit hinter der Stadtgrenze und die Lichter der Stadt werden im Rückspiegel immer kleiner. Im Auto ist es inzwischen wieder mollig warm und Sarah lümmelt genüsslich im Beifahrersitz. Ihr Blick ist stur nach vorne gerichtet. Nach vorne Richtung Italien. Außer den Schneeflocken im Scheinwerferlicht kann man nicht viel erkennen. Inzwischen ist es ein richtiges Schneetreiben geworden. Auch kann ich nicht schnell fahren. Nicht nur wegen der Sicht, auch weil die Fahrbahnen weiß bedeckt sind und bereits anfangen gefährlich rutschig zu werden. Sarah sagt kein Wort mehr. Ihr Blick wirkt müde. Wer weiß, was sie in den letzten Tagen schon alles mitgemacht hat vor Sorgen um den Bruder, der Enttäuschung mit der Schwester, dem Vater, der Familie. Sie hat sicherlich kaum geschlafen. „Andrea interessiert es einen alten Scheiß was mit Tim passiert! Sie, sie schaut nur noch nach ihren Klamotten, ihrer Schminke und rennt irgendwelchen komischen Typen hinterher, die einen auf Dicke Hose machen!" „Andrea?" „Ja, Andrea! Meine Schwester. Habe ich dir noch nicht von ihr erzählt? Sie ist knapp drei Jahre jünger wie ich und hängt nur noch in den *angesagtesten Klubs herum!"* Dabei wackelt Sarah mit dem Kopf hin und her und verzieht dabei ihren Mund, als ob sie an einer Zitrone gelutscht hätte. „Er ist ihr völlig egal! Hauptsache Papa stopft sie ordentlich mit Kohle, um ihre Vergnügen zu finanzieren! Ich könnte mich schon wieder aufregen, wenn ich nur an sie denke! Sie macht für die Familie oder die Firma keinen Finger krumm. Und ich? Bei jedem Anruf von Papa schickt sie mich vor. „Sarah kann das besser. Da ist Sarah ganz toll darin!" sagt sie nur nebenbei und reicht den Hörer dann an mich weiter. Und ich kann dann wieder sehen, wie ich irgendwelche Problemchen lösen kann." Sie wird wieder still. Mein Taxi rauscht auf der Schneedecke fast schon lautlos. Immer wieder, im Scheinwerferlicht der anderen Autos, sehe ich in meinem Rückspiegel die aufgewirbelte Schneewolke hinter meinem Auto. Die Autobahn ist zum Glück schön frei und so kommen wir zwar etwas langsam, aber sehr stressfrei voran. Sarahs Blick durch die Windschutzscheibe ist wie festgenagelt. Nach einigen Minuten des Schweigens, sagt sie leise und mehr zu sich selber: „Wie es ihm wohl geht?" Im ersten Moment bin ich mir nicht sicher, ob ich ihr darauf antworten soll. Hat sie mich gefragt? Oder eher sich selber? „Sarah, ich denke, solange es keine Geldforderungen gibt, und auch noch keine versuchten Zahlungen oder Ähnliches, geht es ihm gut. Denn er ist den Entführern ja nichts wert, wenn es ihm nicht gut ginge." Sie sieht mich lange und überlegend an. Ihr Blick klebt an meinem. Erst als ich wieder auf die Fahrbahn sehen muss, sieht sie auch wieder nach vorn. Sie scheint mit meiner Logik dann doch zufrieden zu sein, und kuschelt sich noch etwas tiefer in den Beifahrersitz. Ihre Müdigkeit ist ihr anzusehen. Nur wenige Kilometer später nickt sie ein. Ihrem Atmen nach schläft sie sehr tief.

Der Schneefall wird immer stärker. Wir sind inzwischen etwas über 100 km weit gekommen und haben dafür aber fast zwei Stunden gebraucht. Die Straßen sind zwar frei vom Verkehr, aber alles andere als frei von Schnee. Ich habe meine Reifen eben ja noch überprüft und es sind gute Winterreifen montiert, ich komme auch ganz gut durch, aber schneller wie 60 Sachen sind bei dieser Witterung einfach nicht drin. Einfach zu gefährlich. Einige Straßenschilder und Wegweiser kann ich auch nicht mehr erkennen. Sie sind bereits viel zu stark mit Schnee bedeckt. Zum Glück habe ich ein Navi. Aber, wenn mich meine Orientierung nicht völlig verlassen hat, müsste jetzt eh gleich die deutsch / österreichische Grenze erreicht sein.

Und dann kommt, was kommen musste. Zwischen Kempten und Füssen wird der Verkehr durch die Polizei von der Autobahn abgeleitet. Ein Leuchtschild mit Blinklicht und der Aufschrift „UNFALL!" leuchtet im Heckfenster eines Polizeiwagens. Was passiert ist kann ich aber nicht sehen. Aber ab jetzt heißt es Landstraße fahren. Das auch noch. Wir kommen doch ohnehin schon langsam voran. Aber gut, was will man machen. Dann eben ab jetzt Landstraße. Sarah stört das nicht, sie schläft noch immer tief und fest. So winden wir uns durch das Schneetreiben die steilen Straßen die Berge hoch. Kehre um Kehre winden wir uns den Pass nach oben. Der Scheibenwischer läuft im Dauereinsatz und dennoch kann ich nicht sehr viel erkennen. Ich folge dem Asphaltband und hoffe auf eine geöffnete Tankstelle oder Ähnliches. Denn so langsam aber sicher merke ich, wie es mich dann doch schlaucht. Meine Müdigkeit meldet sich so langsam. So ganz stressfrei ist dieses Fahren dann halt doch nicht. Wenn doch nur mal ein Gasthaus, eine Tanke oder sonst irgendetwas auf dem Weg auftauchen würde, ich möchte mir mal die Füße etwas vertreten und meine Knochen wieder ausschütteln. Sarah bekommt von alldem nichts mit. Es dauert allerdings nicht sehr lange, und ich schaffe es nur noch mit Mühen meine alte Droschke auf der Straße zu halten. Die Schneemenge auf der Straße ist für eine einfache Taxe dann wohl doch zu viel. Und Schneeketten habe ich nicht bei mir. Brauche ich sonst ja auch nicht. Auf den nächsten Kilometern spitzt sich die Lage nicht mehr weiter zu, aber es wird auch nicht besser. In den kleinen Ortschaften auf dem Weg ist aber bereits alles geschlossen. Na ja, es ist ja auch inzwischen mitten in der Nacht. Kaum, dass es unmöglich wird weiterzufahren, taucht eine kleine Ortschaft auf, in der es doch tatsächlich ein geöffnetes Hotel gibt! Vereinzelt sind auch beleuchtete Zimmer sichtbar. „**HOTEL FERNBLICK**" leuchtet es mich in großen Blockbuchstaben an. Der Fernblick kann mir heute gestohlen bleiben, solange sie geöffnet haben. Ich brauche entweder einen Eimer voll Kaffee oder ein Bett! Mit Schwung rutsche ich in eine Parklücke und schiebe dabei den Schnee vor mir her. „Wo sind wir?" „Hey, ausgeschlafen? Ich wollte dich nicht aufwecken." „Schon o.k. Ich muss wohl eingenickt sein. In deinen Sitzen kann man direkt einschlafen. Wo sind wir denn inzwischen?" „Wir stehen vor einem Hotel, es schneit zu stark um weiter zu fahren, wir werden wohl hier übernachten müssen. Ich werde mal versuchen ein Zimmer zu bekommen. Aber frage mich nicht wo wir genau sind. Ich habe keinen blassen Schimmer! Seit wir die Autobahn verlassen mussten, habe ich kaum noch lesbare Straßenschilder gesehen. Und unser Navi hat kurz nach der Autobahnausfahrt seinen Dienst quittiert. Nach dem werde ich aber erst morgen Früh sehen. Morgen kaufen wir erst mal eine Straßenkarte. Sicher ist sicher. Ich komme gleich wieder, ich frage mal in der Rezeption nach einem freien Zimmer. Bleibe einfach so lange im warmen Auto sitzen. Ich komme gleich wieder."

11 – Das Schneehotel

Die erste Nacht.

Ich öffne meine Autotüre und stapfe Richtung Hoteleingang. Der Schnee knarrt unter meinen Schuhsohlen und rieselt über den Rand zu meinen Socken rein. „Toll, das auch noch", murmle ich vor mich hin. Der komplette Eingang ist mit Schnee bedeckt. Die Treppenstufen bis zur Türe können nur noch erahnt werden. Als ich oben vor der Türe ankomme und diese aufziehe, schiebe ich einen kleinen Schneeberg zusammen. Der Eingangsbereich im Inneren des kleinen Hotels wirkt altbacken. Auch die Luft in dem Eingangsbereich riecht modrig und wie aus dem letzten Jahrhundert. Hier sollte mal dringend gelüftet werden. Der Einrichtung nach zu urteilen hat in den letzten 20 Jahre hier keine Veränderung mehr stattgefunden. Von einer Renovierung wohl ganz zu schweigen. Die Möbel an den Seiten sind in schwerem, dunklem Holz gehalten. Seitlich steht eine kleine Rezeption. Gegenüber der Rezeption eine kleine Sitzgruppe mit dicken Polstermöbeln und rotem Stoff. Ach ja, und fleckig ist der Stoff auch noch. Auf dem Tisch liegt eine Zeitung. Die ist aber bereits so abgegriffen, ich glaube die ist so alt wie ich! Daneben zwei riesige Pflanzen mit größeren, grünen Blättern. An der Wand hängt eine große Uhr mit Gewichten und einem Pendel. Das Tick tack der Uhr ist deutlich zu hören. Die macht mir klar, dass schon halb zwei in der Nacht ist. Hinter dem Tresen der Rezeption hängen noch ein paar einzelne Schlüssel an dem Zimmerbrett. Eine kleine Kasse und ein Bankkartenlesegerät sind auch da. Na wenigstens kann ich hier mit Karte bezahlen. Ein wenig scheint die Moderne hier ja doch eingezogen zu sein. Im ersten Moment habe ich schon an eine Zeitreise geglaubt. Neben der Theke geht es in weitere Räume, ich kann aber nicht sehen wohin es dort geht oder was da noch kommt.

    Hinter der Theke geht es seitlich in ein weiteres Zimmer. Die Türe steht halb offen, ein Radio dudelt heraus und eine Tischlampe leuchtet diffuses Licht über einen unaufgeräumten Schreibtisch. Mehr kann ich nicht erkennen. Dazu ist die Türe nicht weit genug geöffnet. Direkt vor mir auf der Theke steht eine kleine Glocke. „WENN REZEPTION NICHT BESETZT, BITTE LÄUTEN!" informiert mich ein kleines Hinweisschild neben der Glocke. Ich hole aus und schlage mit Schwung mehrmals schnell hintereinander auf die Klingel. In der gleichen Sekunde scheppert und rumpelt es gewaltig direkt hinter dem offenen Türspalt neben dem Tresen. „Auah! Verdammt und zugenäht! Kruzifix Halleluja!" Dazwischen ein Stöhnen und Schnaufen. „Ich komme ja ich komme ja!" Ein älterer Mann öffnet den Türspalt und kommt hinter der Türe hervor. Weißes Haar, ein Schnauzer und einen Ziegenbart, und eine Frisur wie ein Kanarienvogel nach einem Streit mit einer Katze. Außerdem ein völlig zerknittertes Gesicht mit den Falten eines Lackens oder so auf der Backe. Etwa 65 Jahre alt, rot kariertes Holzfällerhemd, eine dunkelgrüne Latzhose mit gelben Hosenträgern und einem kleinen Zigarillo hinters Ohr geklemmt. Er richtet seine Hosenträger wieder an die richtigen Stellen auf seinen Schultern. „Ja?" Ups, ist der gerade vor lauter Schreck von seinem Feldbett gefallen? Jedenfalls sieht er danach aus… „Ähm, Entschuldigung, guten Abend, haben Sie noch Zimmer frei? Wir können in dem Schneechaos unmöglich weiterfahren. Haben sie noch etwas frei?" „Wir? Wie viele Zimmer brauchen sie denn? Ich habe noch ein Doppelzimmer mit Schlafsofa, der Rest ist belegt oder gerade in Renovierung, weil wir gerade umbauen." „O.k., das nehmen wir!" Er händigt mir den Schlüssel aus und nennt das ersten Obergeschoss für das Zimmer. Seine Ausführungen beendet er mit „Gute Nacht!" Danach ist er wieder durch die Seitentüre getrottet und weg war er. Ich ging zu meinem Taxi zurück, um Sarah zu holen. Sie saß aber nicht mehr im Auto! Verdammte Kacke, was macht sie nur?!? Ich kann sie doch hier nicht auch noch anfangen zu suchen! Wo soll ich sie denn auch suchen?!? Moment, Schnee!! Wir haben Schnee ohne Ende!! Ich brauche doch nur ihren Spuren zu folgen! Also, zurück zum Auto und ihren Spuren im Schnee hinterher. Ein Glück, dass es schneit was es nur herunter schneien kann, und es in diesem verschlafenen Nest um diese Uhrzeit keine Spaziergänger gibt. Ich verfolge ihre Spuren, sie muss eben erst hier entlanggelaufen sein. Der Schneefall hat sie noch nicht sonderlich verändert. Wie frisch in den Schnee getreten. Eigentlich ganz logisch! Ich war ja auch nur fünf Minuten in dem Hotel! Ich muss mich wieder über meine Kombinationsgabe selber loben. An mir ist ein kleiner Sherlock Holmes verloren gegangen, ganz ehrlich! „Suchst du mich? „HHHhhhaaahhh!!!

Man! Sarah! Teufel noch mal, du kannst mich doch nicht so erschrecken!!! Wo zum Henker spazierst du denn hin?" „Ich habe nur Zigaretten aus dem Automaten da hinten geholt. Nichts passiert, alles in Ordnung. Niklas, du bist ja ganz schön schreckhaft!" „Ich war darin vertieft deinen Fußspuren zu folgen, da habe ich dich nicht um die Ecke kommen sehen. Aber gut, jetzt habe ich dich ja gefunden. Jedenfalls, wir können bleiben. Ich habe für uns ein Zimmer in dem Hotel bekommen. Sicherlich nichts Besonderes, aber ich denke für eine Nacht wird es schon gehen."

Mit unseren Sporttaschen in der Hand gehen wir die Stufen zum Eingang hoch. Als wir an der Rezeption vorbeischleichen, hebe ich meinen Zeigerfinger vor meinen Mund. „Schschschsch." Ich flüstere Sarah zu: „Da schläft einer. Nicht, dass er noch mal von seinem Feldbett herunterfällt!" Als wir im Obergeschoss ankommen, entdecke ich unsere Zimmernummer. Gleich das erste Zimmer neben dem Treppenhaus ist es. Die Türe geht mit einem leichten knirschen auf. Sarah schließt die Türe hinter sich fast lautlos. Sie flüstert mir zurück: „Noch mal?" „Bitte was? Was denn nochmal? Die Türe auf und zu machen?" „Nein, dass er nicht noch mal von seinem Feldbett herunterfällt?!?" „Ja, so wie vorhin eben auch schon, als ich erst alleine im Hotel war, und nach einem Zimmer fragen wollte. Da aber niemand zu sehen war, klingelte ich an der Rezeption. Ja, und dann muss er aus dem Bett gefallen sein." Sarah lacht los und ich muss ihr die ganze Geschichte erzählen. Sie weist mich an, nichts auszulassen. Sie will alle Details wissen. An der Stelle, an der es dann rumpelt, kichert sie los. Sie schmückt in ihrer Fantasie die Situation hinter der Türe noch etwas weiter aus, und prustet lauthals los vor Lachen. Ich kann mich auch nicht mehr zurückhalten und wir lachen beide gemeinsam über den Herrn mit den gelben Hosenträgern. Wir steigern uns regelrecht hinein in einen Lachanfall und kichern wie Kinder. Erst als uns die Puste ausgeht, können wir uns wieder beruhigen. Wir liegen noch eine ganze Weile auf dem großen Bett, starren an die Decke und müssen erst einmal durchschnaufen. „Niklas, ich weiß nicht wann ich das letzte Mal so lachen konnte!" Sie sagt das fast schon traurig, reckt sich dabei nach oben und stützt sich auf ihre Ellenbogen.

„Seltsam, exakt das gleiche dachte ich eben auch!" Und es stimmt auch, ich kann mich nicht daran erinnern, wann ich das letzte Mal so herzhaft lachen musste, so, dass ich keine Luft mehr bekam. Es muss schon Jahre her sein! Mit Sarah hat es nicht einmal 24 Stunden gedauert!

Ich spüre jetzt meine Müdigkeit. Sarah gähnt auch vor sich hin. „Lass uns schlafen, ich bin echt müde." Sie regt sich dabei nur langsam und sieht nach ihrer Tasche.

Für mich war klar, ich schlafe auf der kleinen Couch, und Sarah in dem großen Bett.

Ich habe mich bereits schön eingekuschelt, als Sarah aus dem Badezimmer kommt. Auch sie kuschelt sich gleich unter ihre Decke. „Gute Nacht, schlaf gut", sage ich, und schalte das große Licht aus.

Aber es dauert nicht lange: „Niklas?" „Ja Sarah?" „Schläfst du schon?" Ich muss grinsen. „Ja, tief und fest!" Sie antwortete nicht darauf. Es dauerte kurz, aber dann kam: „Mir ist kalt." In ihrer Stimme höre ich, dass sie auch grinst. „Aha, brauchst noch eine weitere Decke?" Es dauerte wieder einen kleinen Augenblick. „Ich würde mich freuen, wenn du hier rüberkommst. Musst nicht auf dem kleinen Sofa schlafen, hier ist es doch viel bequemer, mehr Platz hast du auch noch und außerdem können wir uns gegenseitig wärmen!" Ich hatte den Verdacht, hier ging es nur um eines. Nämlich darum, dass ich **SIE** wärme. Aber ihr Angebot klingt doch sehr verlockend. Da kann ich einfach nicht „Nein" sagen. Zumal mir mein Kreuz schon nach diesen fünf Minuten schmerzt. Ich knipste das Licht wieder an, laufe rüber zum großen Bett und krieche unter die große Decke. „Boa, die Matratze ist ja wirklich eiskalt! Mich friert es wie einen Schlosshund!" „Siehst du? Sag ich doch, hier ist es kalt!" „Wenn ich das vorher gewusst hätte! Das Sofa war inzwischen schön warm." „Jammer nicht und mach hier einfach auch so schön warm, ja? Aber wenn du so weit weg von mir liegst, dann wird das mit dem gegenseitigen Wärmen nichts werden!" Da hat sie recht. Aber mich schlottert es am ganzen Körper, so affig kalt wie es in diesem Bett ist! Wir robben beide etwas zaghaft Richtung Mitte der beiden Matratzen. Aber irgendwie bekommen wir es nicht auf die Reihe uns in den Arm zu nehmen, ohne dass es gleich so aussieht als ob wir ein Paar wären. Wir schaffen es nicht, uns so zu umarmen, dass wir uns nur wärmen. Wir probieren mehrere Varianten, drehen und hüpfen schon fast in dem Bett, weil wir es nicht fertigbringen. Aber wir finden keine sinnvolle

Lösung. Ständig haben wir einen Knoten in unseren Armen oder liegt einer von uns unbequem auf den Armen des anderen. Ein Chaos bis wir es geschafft haben. Letztendlich lautet die Lösung: Löffelchenstellung! Sie liegt vor mir auf der Seite in der Embryohaltung, und ich bin direkt hinter ihr und habe sie im Arm. Herrlich! Mir ist zwar immer noch affenkalt, aber mir geht eine wohlige Wärme durch den Magen, wenn ich sie im Arm habe. Wie angenehm sie riecht! Ich könnte ewig so liegen und einfach nur an ihr riechen! Ich muss nur aufpassen, dass mein kleiner Freund das nicht als Aufforderung versteht! Das wäre mir, nein! Das geht gar nicht! Das darf mir nicht passieren! Was denkt sie sonst von mir! Das wäre mir megapeinlich!! Es dauert aber nicht lange, und ich höre sie schon nach kurzer Zeit schwer und gleichmäßig atmen. Ich weiß, dass sie bereits eingeschlafen ist. Aber auch mich überkommt die Müdigkeit und nur wenige Minuten später schlafen ich ebenfalls seelig ein.

12 – Frühstück!

Zweiter Tag: Sonntag früh.

Ich schlief wie ein Säugling. Es kam mir vor, als ob ich im Koma lag, so tief habe ich geschlafen. Ich habe nichts, aber auch wirklich überhaupt nichts mitbekommen von dieser Nacht. Nicht auch nur ein einziges Mal bin ich aufgewacht. Das passiert mir in meinem eigenen Bett selten. Im Gegenteil. Dadurch, dass ich Nachtschicht fahre, habe ich oft einen sehr leichten Schlaf. Dazu der Lärm der tagsüber auf den Straßen herrscht, und natürlich die sämtlichen Paketdienste die irgendeinen Quatsch von Nachbarn bei mir abliefern wollen. Da ist an Tiefschlaf kaum zu denken. Nicht so in dieser Nacht. Klasse.

Die Badezimmertüre klickt und geht langsam, mit einem leichten knarzen auf. „Hey! Guten Morgen Niklas! Du bist ja auch schon wach!" Mit einem kleinen Handtuch hat sie ihre Haare eingewickelt und mit einem großen kommt sie selber eingewickelt aus dem Türrahmen. „Guten Morgen. Ja, gerade aufgewacht. Ich bin noch völlig verballert. Eben erst die Augen geöffnet. Du hast dich schon geduscht?" „Ja, die Dusche ist herrlich. In der Früh kurz in die Dusche und schon ist man wach. Das ist doch toll, nicht?" Sarah ist ein totaler Sonnenschein. Und selbst in ein Handtuch eingewickelt, sieht sie umwerfend aus. Ihre Augen leuchten einfach aus jedem Blickwinkel. „Ja, super, ich trinke lieber erst einmal in aller Ruhe meinen Kaffee. Aber, na ja, ich glaube duschen ist heute auch nicht verkehrt. Wer weiß, wann wir die nächste bekommen. Ob es unten wohl Kaffee gibt? Ich brauche Kaffee, viel Kaffee. Das ist für mich wie ein Lebenselixier. Egal, ich gehe auch kurz duschen und dann sehen wir unten nach dem Frühstück. Wenn es hier keinen gibt werden wir uns den Kaffee, ähm, ich meine ein Frühstück, beim nächsten Bäcker besorgen. Wir sollten eh zügig weiterkommen. Diese Übernachtung war schließlich nicht eingeplant." Ich schäle mich wiederwillig aus dem Bett und schlürfe in das Badezimmer. Kalt. Mich friert es jedes Mal, wenn ich das schöne, warme und bequeme Bett verlassen muss. Das Badezimmer sieht im Verhältnis zu dem Zimmer recht modern aus. Es ist hell und hat eine moderne, große Dusche aus Glas. Überhaupt! Wie groß ist eigentlich das Bad?!? Und die Dusche erst! Da kann man ja zu dritt duschen, so groß ist die! Eisenhart. Ein großes, weißes Waschbecken mit Armaturen wie ein Wasserfall! Wie originell! Das habe ich heute Nacht überhaupt nicht mehr erkannt! O.k., ehrlich gesagt habe ich damit auch überhaupt nicht gerechnet nach dem „Auftritt" von dem Kollegen an der Rezeption gestern Abend… Schwamm drüber, wir müssen schließlich weiter.

    Kaum stehe ich in der Dusche, schon wird es richtig angenehm. Ich muss mich manchmal regelrecht überwinden in die Dusche zu gehen. Hin und wieder siegt auch die Faulheit und ich verschiebe es auf den nächsten Morgen. Einfach weil ich zu bequem bin. Aber wenn ich dann unter dem Wasserstrahl stehe, will ich auch überhaupt nicht mehr raus. Das ist dann die andere Seite. Ich könnte ewig darunter stehen bleiben und das Wasser auf mich prasseln lassen. Herrlich. Im Winter, wenn es draußen richtig eisig ist, und ich durchgefroren nach Hause komme, dann drehe ich während dem Duschen das Wasser immer ein Stückchen wärmer und wärmer. So oft und so lange, bis ich schon das Gefühl habe unter dem heißen Wasserstrahl schwitzen zu müssen. Wenn ich dann nach gefühlt einer Stunde endlich aus der Dusche komme, ist das ganze Badezimmer eine einzige Dampfgrotte! Im Spiegel sehe ich dann eh nichts mehr, weil er völlig beschlagen ist, und auch sonst ist alles, aber wirklich alles, von dem Wasserdampf klatschnass. Ups, ich vertrödele schon wieder die Zeit, Sarah wartet doch! Jetzt aber raus hier.

Mist, kein Handtuch mehr im Bad. Sarah hat wohl alle auf einmal gebraucht. In meiner Tasche habe ich eines, aber die steht drüben im Zimmer neben dem Bett. Komplett nackt und dazu klatschnass möchte ich eigentlich nicht aus dem Badezimmer kommen. So nah stehen wir uns nun auch wieder nicht. Ich öffne die Badezimmertüre einen kleinen Spalt. „Sarah?" Nichts. Keine Antwort. Etwas lauter: „SARAH?!?" Wieder nichts. Ist sie weggegangen? Hm. Das hat sie gestern Nacht ja auch schon einmal gemacht! Die kann sich doch nicht immer wieder einfach so mir nichts dir nichts auf die Socken machen?!? Muss ich die schon wieder suchen?!? Was soll es schon, ich brauche erst einmal ein Handtuch. Ich kann es drehen und wenden wie ich möchte. Und meine frischen Klamotten sind schließlich auch in dieser Tasche. Ich nutze die kurze Gelegenheit und flitze um das Bett herum zu meiner Tasche. Dabei ziehe ich eine Wassertropfenspur hinter mir her. Verdammt! Und schon friert es mich wieder! Nass durch das Zimmer zu springen ist dann doch gleich wieder etwas kalt! Hier im Zimmer ist Sarah jedenfalls nicht mehr. Wo sie wohl hin ist? An meiner Sporttasche klemmt der Reisverschluss! Jetzt fällt es mir wieder ein! Genau deshalb habe ich die Tasche nicht mehr benutzt, weil ich mich jedes Mal ärgere, dass der blöde Reisverschluss sich nicht mehr öffnen lassen will! Kaum habe ich meine Tasche erreicht, sitze in der Hocke vor ihr und kämpfe mit diesem schei… Reißverschluss, schneit Sarah mit Schwung in das Zimmer herein! „Niklas, Niklas! Das musst du sehen! Die haben ein Frühstücksbuffet aufgebaut, das dir die Augen ausfallen lässt!! Unzählige Müslisorten! Weich gekochte Eier! Hausgemachte Marmeladen! Honig vom Nachbar hier nebenan! Würstchen! Spiegelei mit Speck! Sämtliche Teigwaren die du dir nur vorstellen kannst! Sogar Honigmelone haben die hier mit Serranoschinken!! Einfach alles was man sich so denken kann! Außerdem unzählige Teesorten und für dich literweise Kaffee!! Ähm, ups, duuu, du hast, du hast ja gar nichts, ähm, ich meine, du tropfst, brauchst du ein Handtuch? Hier, das hier ist ein frisches, ich habe, ich meine, das ist aus dem Schrank im Bad, ach! Hier nimm doch. Ich dreh mich auch um!" Sarah wirft mir das Handtuch zu und dreht sich weg.

    Während ich hier pudelnackt vor meiner Tasche saß und so vor mich hin tropfte, habe ich kein einziges Wort mehr herausgebracht. Ich war mit dieser Situation kurzzeitig völlig überfordert! Was hätte ich denn auch sagen sollen! Sie war ja total aus dem

Häuschen und dazu noch im kompletten Redefluss! Dazu klemmte der Reißverschluss ja auch noch! Klatschnass, nackt, frierend und Sarah schwärmt vom Buffet! Ich muss mich schnell abtrocknen! Abtrocknen, anziehen und dann los! Serranoschinken! Eier mit Speck!! Mir läuft das Wasser im Mund zusammen! Und Kaffee! Literweise, sagte sie! Ich kann ihn schon riechen! Ich bin mir sicher! Wo sind meine verdammten Socken?!? Ah, hier! So, Hose noch!

    Gerade, als ich fast fertig bin mit anziehen, ich knöpfe gerade meine Hose zu, bemerke ich, dass mich Sarah die ganze Zeit über im Spiegel aus dem Augenwinkel beobachtet hat! Neben dem Schrank ist ein, na ja, eben ein großer Spiegel! In Übergröße! Vom Boden bis zur Decke und mindestens eineinhalb Meter breit! Direkt vor dem Bett an der Wand! Sie hat mich die ganze Zeit gesehen! Und zwar nicht nur einen kleinen Teil von mir! Vom abtrocknen bis ich komplett angezogen war! Sie stand da ja schließlich die ganze über! Und kein Wort hat sie gesagt! Als sie bemerkt, dass ich es gerade gemerkt habe, schaut sie schnell verschämt weg. Habe ich mich getäuscht? Hat sie mich nun heimlich beobachtet oder nicht?!? Sie hat doch! Oder? Oder doch nicht?!? Ich versuche ihr in die Augen zu sehen, aber sie dreht ihren Kopf ganz geschickt weg. Hat sie mich nun gesehen oder nicht? Gerade als ich etwas sagen möchte, kommt sie mir zuvor: „Bist du so weit? Bist du fertig? Kann ich mich wieder umdrehen? Ich möchte jetzt gerne endlich runter zum Frühstücken gehen, ich habe total Hunger!" Blufft die gerade richtig gekonnt? Oder hat sie wirklich nichts gesehen? Jetzt bin ich verunsichert!

Vielleicht sollte ich nicht von mir selber ausgehen, denn ich hätte nicht weggesehen! Sicherlich nicht! Im Gegenteil! Ich hätte sie noch gefragt ob ich ihr beim Abtrocknen helfen kann! Na ja, also, ich meine, wenn ich mich das überhaupt getraut hätte. Aber sie! Sie hat, oder hat sie nicht? „Was ist jetzt, bist du nun so weit oder brauchst du länger wie eine Frau?" Da reißt sie mich schon wieder aus meinen Gedanken. „Ja, bin bereit, komme ja schon." Ich laufe hinter ihr die Treppen hinunter. Die Treppenstufen knarzen unter unseren Schuhen. Meine Gedanken fangen wieder zu kreisen an. Ich überlege, ob sie mich nun beobachtet hat, oder nicht. Wenn ja, was wäre dann? Eigentlich nichts. Was soll daran schon sein? Dann ist es eben so, kann ich jetzt auch nicht mehr ändern. Dann hat sie mich halt eben nackt gesehen! Pah, mir doch egal! Halt! Nein! Ist es nicht! Wenn sie mich tatsächlich nackt gesehen hat, dann will ich sie auch nackt sehen! Ja! Genau! So meinte ich das eigentlich! Nicht das es mich stört, also, ich meine, ist mir egal wenn sie mich nackt sieht, aber wenn sie mich schon gesehen hat, dann will ich sie auch sehen! Ist doch klar! „Och! Riechst du das auch, Niklas?" Meine Gedanken sind schon wieder über alle Berge und Sarah holt mich mit einer einzigen Frage wieder zurück auf den Boden: „Wie in einer Bäckerei! Findest du nicht? Lecker! Da bekomme ich total Hunger!" Ich laufe immer noch hinter ihr her, bis wir in dem Frühstückssaal ankommen. Und es ist wirklich ein Saal! Der Eingangsbereich von heute Nacht muss wohl der Hintereingang oder Lieferanteneingang gewesen sein. Anders kann ich mir dieses Hotel nicht erklären! Wow!

Und wie das hier duftet! Unglaublich! Sarah hatte recht! Es ist überwältigend! Ein Buffet das sich „Von" schreibt, und ein Frühstückssaal, der sich wirklich sehen lassen kann. Ich komme mir in meinen „normalen" Klamotten plötzlich schäbig vor, so fein ist hier alles angerichtet! Sarah ist das völlig egal, sie stürzt sich an das Buffet und langt kräftig zu. Aber ich auch! Das sieht alles so unglaublich lecker aus, ich kann mich kaum entscheiden. Am liebsten würde ich **alles** einmal probieren, aber dazu bräuchte ich keinen solch kleinen Teller für Kuchen oder Frühstück, sondern einen Pizzateller! Sarah ist fertig mit aufladen und nickt mir zu. Ich kapiere nicht auf Anhieb was sie meint, aber sie möchte wissen ob ich mit dem Tisch am Fenster einverstanden bin. Mir fehlt einfach noch der Kaffee, ohne ihn bin ich ein halber Mensch! Ich möchte ja nicht gerade behaupten, dass ich nicht leben könnte ohne Kaffee, aber alle andere können leichter **über**leben, wenn ich am Morgen ausreichend Kaffee bekomme… „Ja klar, gerne, setzt dich, ich komme auch gleich." Ein wenig von der Kirschmarmelade und ein Croissant müssen noch mit. So, „happa happa" hätte meine Oma jetzt gesagt. Heißt so viel wie: Essen essen! Hat sie zu uns Kindern früher gesagt, wenn das Essen so weit fertig war, dass man sich an den Tisch setzen konnte. Kaum setze ich mich an den Tisch, kommt auch schon eine aufmerksame Kellnerin und fragt mich ob sie mir Kaffee einschenken darf. Darf? Nein! Sie MUSS!

Och, wie der duftet, sensationell! Ich weiß gleich gar nicht wo ich anfangen soll! Alles riecht so gut und sieht so lecker aus! „Also echt, das hätte ich niemals gedacht, dass sich dieses Hotel als ein solcher Geheimtipp zeigt! Der Typ, der von heute Nacht, der mir den Schlüssel gegeben hat, das war vielleicht so ein komischer Vogel! So Mundfaul, richtig pampig, und auch die Einrichtung war, ich weiß nicht, wie von vorgestern. Er hat aber auch gesagt, dass sie hier gerade am Umbauen und Renovieren sind. Aber das hier, also das überrascht mich doch sehr! Wie geht es denn dir so? Auch so gut geschlafen? Ich war heute Nacht wie weggetreten! Und wie schmeckt dir dein Frühstück?" „Ja, alles bestens. Ich habe geschlafen wie ein Murmeltier, mich hat es auch überhaupt nicht mehr gefroren heute Nacht. Danke nochmal für das Wärmen! Die Dusche war auch sehr gut und das Frühstück jetzt, also das kann man für meine Wünsche eh nicht besser machen! Ich bin von diesem Hotel echt begeistert! Hast du prima ausgesucht! Da muss ich dich echt loben!" „Zufall, wirklicher Zufall. Es war einfach das erste Hotel das ich fand und offen hatte. Ich wollte ja nur raus aus dem Schneetreiben, das war es eigentlich schon. Apropos: Wie sieht eigentlich das Wetter aus? Oder viel mehr, wie sehen denn die Straßen aus? Können wir überhaupt fahren?" Ich recke meinen Hals, aber der Frühstückssaal ist zur Rückseite des Hotels ausgerichtet. Ich sehe nur knapp über die große Terrasse. Sie ist überdacht. Dahinter kommt nur eine große Wiese und an deren Ende ist der Anfang von einem Tannenwald. Links und rechts von dem Wald geht es steil die Berge hoch. Die Hänge und die Gipfel sind ebenfalls alle weiß bedeckt. Sehr viel mehr ist von diesem Tisch aus nicht zu erkennen. O.k., die Wiese ist weiß bedeckt, und die Tannen haben auch eine weiße Schneeschicht, aber wie die Straßen sind kann ich von hier nicht sehen. „Das wird schon gehen. Ich bin mir sicher die Hauptverbindungsstraßen werden frei sein. Du wirst sehen." „Niklas, mir gefällt es hier. Wenn wir einen Tag länger bleiben müssen, an mir soll es nicht liegen! Ich finde es hier toll!" „Ja, mir gefällt es auch ganz gut, aber dein Bruder wartet doch auf dich! Du kannst ihn doch nicht in dieser Geldmafia stecken lassen, nur weil hier das Frühstück so toll ist?!?" „Erstens ist er selber schuld, dass er überhaupt in diese Situation gekommen ist, und zweitens war ja nicht nur das Frühstück super, sondern das Bett ist auch klasse und das Bad mit der großen Dusche ist auch ganz Großartig!" „Aha, in Ordnung, ja, schon, nur, ich meine, Tim nach Hause holen, das machen wir schon noch, oder? Du willst hier jetzt nicht noch länger im Hotel bleiben, und deinen Tim einfach dort sitzen lassen, habe ich dich schon richtig verstanden?!?" Sarah überlegt kurz. „Niiaahh, schooon, aber hier ist es echt schön. Guck doch mal wie toll alles hergerichtet ist und die Berge hier aussehen!" Sie sieht verträumt nach draußen. Also, wie Frauen ticken, dass muss mir mal irgendjemand schlüssig erklären. Aber ich glaube das wird ein langes Gespräch ... „Aber, du hast ja recht! Wir können uns hier nicht einfach ein paar schöne Tage machen und er stirbt vielleicht vor Angst. Lass uns unseren Kaffee austrinken und meinen Bruder aus den Fängen der Mafia retten!" Na also, kommt sie doch noch zur Vernunft. Und ich dachte schon wir machen hier jetzt Ferien in den Bergen ...

Nur kurze Zeit später sind wir bereit zum Abfahren. Die Taschen sind gepackt und der Zimmerschlüssel ist abgegeben. Und was die Ankunft heute Nacht hier im Hotel angeht, wir hatten doch tatsächlich einen Nebeneingang dieses Hotels erwischt! Wenn wir nur um den Tresen herumgelaufen wären, dann wären wir in der eigentlichen Empfangshalle gestanden. Aber das ist jetzt auch egal. Wir haben uns super erholt und können nun durchstarten bis nach, nach, hm, mir fällt der Name nicht mehr ein. Ah, Molto-Cappuccino, genau, so heißt die Stadt.

Ich sitze bereits im Auto, der Motor und die Heizung läuft, die Taschen liegen im Kofferraum, die Straßen sind auch so weit wieder frei, so, dass wir gut fahren können, nur sind meine Finger noch etwas eingefroren vom Auto frei kratzen. War doch noch eine ordentliche Schicht Schnee über Nacht runtergekommen. Aber mein Navigationssystem, dem scheint die Bergluft nicht so ganz zu schmecken. Kurz nach der Abfahrt von der Autobahn, es wäre nicht mehr weit bis zur Grenze gewesen, hat es sich verabschiedet. Ein Bildschirm ohne Bild. Das bringt natürlich überhaupt nichts. Ich habe mich noch kurze Zeit mit dem Navi beschäftigt, ehe Sarah von der Toilette kommt. Aber es dauert nicht lange, und ich muss feststellen, dass mein Chef nur die Deutschlandkarte installiert hat, sonst keine! Das erklärt natürlich, warum es nur bis zur Grenze funktioniert hat. Heißt, wir müssen uns Karten kaufen und Sarah darf mich lotsen. Das wird ein Spaß, ich hoffe, sie kann so etwas. Von der jungen Generation kann heute doch kaum noch einer eine Straßenkarte lesen! Lassen wir uns überraschen.

„So Niklas, es kann losgehen! Auf geht es nach Italia! Nach Montepulciano!" quietscht sie froh gelaunt als sie sich wieder in mein Taxi fallen lässt. „Ja, aber wir müssen uns Straßenkarten kaufen, auf dem Navi ist nur die Deutschlandkarte installiert." „Kein Problem, bei meinem Dad habe ich früher immer das Navi gespielt, er hat mir die Karte in die Hand gegeben und ich durfte sagen wo es langging. Das war für mich als Kind das Größte!" „Prima, dann darf die kleine Sarah das heute wieder machen!" Sie boxt mich leicht in die Hüfte. „Nur wenn du lieb „Bitte" zu mir sagst!" „Bitte liebe Sarah, sag mir wohin ich fahren muss!" „Na also, geht doch!" Sie streckt mir die Zunge raus. Sie weiß genau, dass ich sie auf den Arm genommen habe. Aber sie hat den Spaß gleich mitgemacht.

Auf der höchsten Stelle am nächsten Pass, haben wir eine fantastische Aussicht. Wir halten kurz für eine Zigarettenpause und genießen für ein paar Minuten den Moment. Wir lehnen vor dem Auto an der Motorhaube und Sarah legt ihren Kopf an meine Schulter. So stehen wir da. Wortlos. Sagen kein Wort und glotzen in die Ferne auf die anderen Bergspitzen bis die Zigaretten ausgeraucht sind. „Weiter?" frage ich. „Ja, weiter." Wir steigen ein und rollen wieder in das nächste Tal hinunter.

Im Augenwinkel sehe ich wie sie ihren Kopf zu mir gedreht hat. Sie sieht mich von der Seite an. Ich versuche sie zu ignorieren, fällt mir aber nicht leicht. „Trainierst du viel?", fragt sie mich plötzlich.

Jetzt sehe ich sie auch an. Sie hat ein unglaubliches Lächeln aufgesetzt und sieht mich mit zusammengekniffenen Augen von unten herauf an. Der Schalk blitzt ihr regelrecht aus ihren Augen heraus! Also doch! Sie hat mich beim Abtrocknen und umziehen in dem großen Spiegel beobachtet! Ich wusste es!! Ich wusste es! Ich wusste es die ganze Zeit! So ein süßes, kleines, freches Biest!

13 – Grenz-Erfahrung

Zweiter Tag: Sonntag.

O.K. Das kleine Biest möchte wohl mit mir spielen. Ich spiele natürlich mit und gebe mich völlig ahnungslos und schwindele sie ein wenig an: „Nö, nicht wirklich. Nur ein bisschen. Wie kommst du darauf?" Ich stelle mich ahnungslos und doof. Schließlich hat sie **MICH** beobachtet und nicht ich **SIE**. Jetzt möchte ich natürlich schon wissen, was in ihrem Kopf vorgeht. „Na ja, ich meine, ich bin doch in unser Zimmer gestolpert, als du gerade mit dem Reißverschluss deiner Tasche gekämpft hast. Da hattest du nichts, also ich meine nicht gerade viel, also sagen wir mal, du hast nicht gerade sehr viel angehabt." Aha, also entschuldigt hat sie sich dafür noch nicht. Also tut es ihr auch nicht leid, dass sie so in das Zimmer eingefallen ist … „Jooaahh, so viel ist es nicht gerade was ich trainiere, ich versuche es so zweimal die Woche. Klappt nicht immer. Ich fahre mit dem Rad 20 Minuten bis ins Studio, dort auch knapp eine Stunde und dann wieder zurück. Aber sonst, ne, sonst mache ich eigentlich nichts Regelmäßiges. Und du? Trainierst du auch etwas?" „Dafür bist du aber, also ich meine, ziemlich sportlich gebaut. Hast du früher noch andere Sportarten gemacht?" „Nö, nicht wirklich. Ich glaube ich bin etwas gut veranlagt. Ich muss nicht viel machen um schlank zu sein. Da habe ich ausgesprochenes Glück." „So geht es mir auch. Meine Freundinnen kämpfen um jedes Gramm und ich halte mein Gewicht sogar in der Weihnachtszeit. Da haben wir beide wohl Glück, was?" „Ja, da bin ich echt froh darüber." Sie ist jetzt nicht weiter darauf eingegangen, dass sie mich nackt erwischt hat, und ich habe gerade auch nicht die Laune, darauf weiter herum zu diskutieren. Ich lasse es einfach so stehen.

An einer Tanke haben wir uns mit Straßenkarten eingedeckt und ich muss sagen, die Sarah macht das wie gelernt! Ich kann echt nicht klagen. Das hat sie echt drauf. Mein Navi könnte es nicht besser ansagen, und so purzeln die Kilometer nur so herunter. Das mit dem Frühstück im Hotel hält natürlich auch nicht ewig an, und so haben wir dazwischen ein nettes Lokal auf dem Weg gefunden, um uns zu stärken. Leider haben wir bei dem ganzen Hin und Her es total außer Acht gelassen, die Autobahn zu nehmen. So ging natürlich viel Zeit verloren. Aber es ist eine sehr angenehme Zeit, das muss ich echt sagen. Mit ihr durch die Landschaft zu fahren, das hat etwas!

Am Abend haben wir endlich die Grenze nach Italien erreicht, und sie ist gesperrt! Zumindest auf den ersten Blick. Kaum hatte ich hinter der Autoschlange abgebremst, geht Sarahs Türe auf: „Das kann ja ewig dauern! Ich will wissen was da los ist!" und schon fällt die Autotür zu. Peng. Wieder rennt sie mir davon. Bin ja gespannt wie oft wir das noch so treiben. Ständig mache ich mir Gedanken wo sie nun schon wieder ist. Na gut, dieses Mal habe ich ihr wenigstens noch nachsehen können und weiß auch wohin sie möchte. Ist ja auch schon mal etwas. Kaum ist Sarah aus dem Blick, schon rückt die Autoschlange vor. Nicht weit, aber so alle fünf Minuten um einen Platz. Wenn das so weiter geht in dieser Geschwindigkeit, dann brauchen wir rund zwei bis zweieinhalb Stunden bis wir über der Grenze in Italien sind! Na toll, das kann ja etwas werden! Stau! Das kann ich ja schon leiden wie Zahnschmerzen! Das ist einer der Gründe warum ich die Nachtschicht fahre! Weil es da in aller Regel keine Staus gibt! Und nun das! Grrr. Oh, da kommt Sarah ja schon wieder! Das ging ja schnell! „Los! Gib Gas! Fahr an der Kolonne rechts vorbei, da drüben ist noch eine weitere Möglichkeit ohne Autoschlange!" „Echt? Bist du dir sicher?" „Ja, einer der Zöllner hat mir gewunken!" „Gewunken? So wie Großeltern ihren Enkeln zum Abschied winken?" „Du bist echt ein Quatschkopf! Nein, er hat mir gewunken, dass wir da rüberkommen sollen!" „Na gut, wenn du meinst, dann fahre ich eben da rüber." Wir rollen an der Kolonne vorbei, und kommen doch tatsächlich bis ganz nach vorne. „Aber ich sehe weder einen Zöllner noch eine Möglichkeit hier irgendwo durchzufahren. Wo hast du denn den gesehen? Und wohin hat er dich gewunken?" „Das weiß ich jetzt auch nicht so genau, aber durch diese Lücke da, da kannst du doch durchfahren, oder? Das passt doch." „Ja, da passen wir schon durch, aber ich bin mir nicht sicher, ob das eine so gute Idee ist!" „Jetzt hab dich nicht so. Bist du so verklemmt? Komm, stell dich nicht so an und fahr weiter! Du Memme!" „Ja, ist ja gut, bin ja schon dabei!" Wir sind noch nicht ganz an den Pylonen vorbei, schon höre ich zwei schrille Pfeiftöne aus Trillerpfeifen und sehe zwei Zöllner, die wild mit den Armen rudernd auf uns zu rennen! Ich meine

sogar gesehen zu haben, dass einer von beiden seine Hand an seiner Waffe am Gürtel hielt! Ich bremse mein Taxi ab und halte an. Der Erste der beiden, der, der seine Hand auf seiner Waffe hält, brüllt wie ein Irrer auf Italienisch. Wir verstehen kein Wort was er sagt. Daraufhin sagt der zweite Zöllner etwas zu ihm, was wir natürlich auch nicht verstehen, aber daraufhin bleibt der erste der beiden wenigstens ruhig.
„Steigen sie aus! Alle beide! Steigen sie aus und legen sie ihre Hände sichtbar auf ihr Autodach!!" sagt der zweite mit ernster Stimme! Na ganz toll, jetzt wird es lustig! Jedenfalls ist jetzt Schluss mit Langeweile. Jetzt kommt ordentlich Abwechslung in diese ganze Geschichte! Wir steigen langsam aus und gehorchen dem Zöllner. *„Der hat mir gewunken!"* wiederhole ich leise ihren Satz. Natürlich mit einem Unterton. Sarah leise zurück: „Ja, das dachte ich jedenfalls. Aber ich glaube ich habe das falsch verstanden. Tschuldigung."
„Die werden uns schon nicht den Kopf runterreißen."
„Was soll das? Warum umfahren sie unsere Sperre?" kommt von dem zweiten Zöllner in einem herrischen Ton. „Wir, wir wollen nach „Moltocaponocco" und wir haben Ihre Sperre falsch verstanden, Entschuldigung!" „Montepulciano!" wirft Sarah ein. Und dass meine ich ernsthaft! Ich wollte ja schließlich wirklich nicht durchfahren. Sarah hat unterdessen ihren knallroten Kopf gesenkt. Sie traut sich nicht mehr hoch zu sehen oder mich anzusehen. „Ihren Reisepass, ihren Führerschein und Fahrzeugpapiere, und wo sie herkommen und wohin sie möchten, will ich wissen!", sagt einer der beiden Polizisten, die nun auch noch dazugekommen sind. Ich gehorche wieder und hän-

dige alles aus. Der deutschsprechende Polizist und der Zöllner, der ebenfalls Deutsch kann, studieren unsere Papiere. „Mitkommen! Alle beide! Ihr Auto bleibt genau hier stehen!" Einer läuft voraus in ein Gebäude an der Seite der Kontrollhäuschen. Wir beide laufen wie erwischte Schulkinder dem ersten hinterher. Die drei anderen folgen uns dicht. Sarah wird in den ersten Raum geführt, ich werde in den zweiten Raum geführt. Jeweils ein deutschsprechender kommt mit uns in das Verhörzimmer. Und dann geht es los! Wie bei einem Verhör von Schwerverbrechern! Und die vielen Fragen die sie mir gestellt haben! Und alle werden gleich mehrmals wiederholt! Alleine die Frage wohin ich mit meinem Taxi fahren wollte, haben die mir glaube ich fünf Mal gestellt! Was soll denn der ganze Wahnsinn? Wir wollten doch nichts Böses! Aber ich habe das Gefühl, dass die mir nicht glauben. Irgendwie drehen wir uns auf der Stelle was die Fragen und meine Antworten angehen. Immer wieder kommt eine weitere Person in das Verhörzimmer und eine andere Person geht dafür hinaus. Anscheinend ist es für die Zöllner unvorstellbar mit einem Taxi von Deutschland bis nach Italien zu fahren. Möchte jeder von ihnen mal einen Taxifahrer sehen der von Deutschland mit einem Fahrgast bis nach Italien fährt? Was zum Henker soll dieser unglaubliche Aufwand hier? Na gut, es ist nicht gerade eine Fahrt die täglich passiert, aber deswegen so einen Affentanz zu machen, das finde ich dann doch übertrieben!

Nach zwei unendlichen Stunden Verhör darf ich das Zimmer verlassen. Mein Gott, was bin ich erleichtert! Kurz davor wird mir noch erklärt, dass ich keine Anhalter mitnehmen soll, da es zwei flüchtige Raubmörder in der Gegend gibt. Das sei auch der Grund für die Einzelkontrollen. Und da ich unerlaubt über die Grenze gefahren bin, sei es eben sehr auffällig gewesen. Aha, na gut. Hauptsachen wir können weiterfahren, merke ich noch an, ehe ich das Zimmer verlasse. „Ihr Fahrgast, oder ihre Freundin, oder was auch immer, die muss noch bleiben!" „Bitte was? Warum denn das?!?" „Das fragen sie sie am besten selber!" Das darf ja jetzt wohl echt nicht wahr sein! Nicht das auch noch! Mit einem Kloß im Hals nehme ich im Flur auf einem der Stühle Platz, aber erstens höre ich nichts aus dem Zimmer, noch möchte mir irgendjemand eine Auskunft geben was hier gespielt wird. Irgendwann zweifle ich daran, dass sie überhaupt noch hier ist! Schließlich türmt sie bei jeder Gelegenheit!

Nach einer weiteren, unendlichen Stunde Wartezeit, kommt sie doch tatsächlich den Flur entlang! Die letzten Meter rennt sie auf mich zu und nimmt mich mit Schwung in den Arm! Sie drückt mich so stark, dass ich nach Luft schnappen muss! „Hey hey! Ist ja schon gut!" versuche ich sie zu beruhigen. „Alles in Ordnung? Was zum Teufel war denn los? Und warum haben die dich noch eine Stunde länger verhört als mich? Alles wieder O.K.?" Keine Antwort. „Sarah! Lass bitte etwas locker! Du drückst mir ja die Luft weg!" Sie lockert ihre Arme und umklammert mich nun nicht mehr ganz so heftig. Ich atme kurz durch. „Ich will hier weg!" Oh, ihre Stimme zittert. Offensichtlich hat sie geweint! „Was ist? Ist wirklich alles in Ordnung?" „Ja, alles wieder in Ordnung. Aber lass uns hier verschwinden, ja?" Was ist nur bei ihr im Verhör passiert? Muss ich mir Sorgen machen? Was war da drin los?

Wir gehen zusammen zurück auf den Parkplatz zu meinem Taxi. Es steht noch wie abgestellt an seinem Platz. Na ja, ein Parkplatz ist es ja nicht gerade, aber das spielt nun auch keine Rolle mehr. Ein Zöllner steht neben meinem Taxi und zeigt mir den Weg aus dem Pylonenlabyrinth. Dabei murmelt er etwas auf Italienisch. Gut, das wir es nicht verstehen, es hörte sich nicht gut an. Langsam verlassen wir das Grenzgebiet und fahren vorsichtig durch einen kleinen Ort. Inzwischen ist es dunkel und wir sind beide ziemlich erledigt. Die Aufregung an der Grenze hängt uns noch beiden in den Knochen. Sarah sitzt zusammengekauert auf dem Beifahrersitz und stiert zur Windschutzscheibe hinaus. „Jetzt erzähl doch bitte endlich warum sie dich so lange festgehalten haben!" „Niklas, erst waren die Fragen ganz normal. Wo kommen sie her? Wo fahren sie hin? Was ist der Grund? Machen sie Urlaub? Einfach das Normale. Das war ja noch in Ordnung. Aber dann kam einer der Beamten herein murmelte etwas auf Italienisch und dann war der ganze Laden plötzlich in Aufregung! Ich sei eine Flüchtige die ihre Strafen nicht bezahlt hätte! Das wurde mir vorgeworfen! Und sie machen da nicht mehr länger mit mir herum, sondern ich werde in die Stadt in das Gefängnis gefahren! Am Montag würde sich ein Richter um mich kümmern! Ich verstand kein Wort von dem was die mir vorgeworfen haben, und eine Erklärung, um was es überhaupt geht, wollte mir von denen auch keiner geben. Erst als ich dann irgendwann nicht mehr konnte und in Tränen ausgebrochen bin, habe ich erfahren, dass es sich um zwei Strafzettel handelt, die wohl schon seit rund zwei Jahren nicht von mir bezahlt wurden. Irgendwann, nach einer wirklich ewigen Verhandlung mit dem Vorgesetzten von den beiden Affen, die, die mich verhört haben, konnte ich die Beamten überzeugen, das Ganze bezahlen zu wollen. Vor allen Dingen ihnen klar zu machen, das ich mir keiner Schuld bewusst bin! Als ich dann endlich mit Karte bezahlen konnte, hat sich herausgestellt, dass wohl mein kleiner Bruder in den letzten Jahren öfter mit meinem Auto in Italien gewesen sein muss, und dabei die Strafzettel bekommen hat. Denn auf den Fotos war eindeutig zu erkennen, dass ich nicht selber am Steuer saß! Jedenfalls haben sie mich mit unglaublichem Wiederwillen die beide Strafzettel bezahlen lassen. Dann konnte ich erst gehen! Krasse Geschichte und doch total verrückt, oder?" Jetzt ist mir das Ganze natürlich auch klar, vor allen Dingen, warum sie so lange festgehalten wurde und sie so fertig war. Als sie so im Erzählen war, habe ich eine kleine Haltebucht angefahren, mein Taxi gestoppt und wir sind ausgestiegen. „Komm zu mir." Ich strecke ihr meine offenen Arme entgegen. Sie nimmt meine Einladung an, lässt sich an mich fallen und legt ihren Kopf auf meine Brust. Sie schluchzt, lässt ihre Hände aber erschöpft hängen. Sie tut mir so leid in diesem Moment. Sie ist doch so, so, wie sagt man da? Wie nennt man das?

Sie macht für mich so einen zerbrechlichen Eindruck. Als ob sie keiner Fliege etwas zuleide tun könnte und gleichzeitig eher Unterstützung und Hilfe braucht! Wie eine kleine, gute Fee! Sie soll eine Flüchtige sein?!? Was für ein Unsinn! Wenn ich so darüber nachdenke, dann werde ich wütend! Ich lege einen Arm um ihre Schultern und mit der anderen Hand halte ich ihren Kopf an meine Brust. Ich glaube sie genießt den Moment mindestens genauso wie ich selber, denn jetzt umklammert sie meine Hüften. Ich würde sie noch gerne länger und öfter trösten! Und beschützen! Es tut nicht nur ihr, sondern mir genauso gut! Und wieder breitet sich das wohlige Gefühl in meiner Magengegend. Ich glaube, ich bin …. nein, das kann nicht sein. Ich doch nicht!

14 – Italien!

Sonntag, zweite Nacht.

Nachdem sie sich wieder gefangen hatte, suchten wir uns eine Unterkunft für die Nacht. Wir hatten Glück und haben gleich in der nächsten Ortschaft eine süße, kleine Pension gefunden. Ich parkte neben der zierlichen Haustüre unter dem Schild „PENSION MARIA." Aber als wir die Türe öffneten und eintraten, sah es aus als ob wir in einer fremden Wohnung standen! Ein Wohnzimmer! Ein kleiner, runder Holztisch, bedeckt mit einer kleinen Spitzendecke, einer Vase mit Blumen, es standen zwei halb volle Gläser Wein, eine angebrochene Rotweinflasche stand auch daneben, und außerdem zwei Essteller mit Essensresten und benutztem Besteck von ebenfalls zwei Personen. Die Teller waren schon zusammengestellt, als ob sie gleich abgetragen werden zum abspülen. Vor der anderen Wand stand noch ein Esstisch, für etwa sechs Personen. Also auch nicht viel größer. Er hatte eine bunte Tischdecke mit vielen Blumen und war ebenfalls hübsch dekoriert. Gegenüber stand eine kitschige Couchgarnitur mit kleinem Tisch, einem alten Röhrenfernseher in einer dunkelbraunen Wohnwand, und auch hier alles fein eingerichtet. An den Wänden einige Bilder, die alle mit Motiven bedruckt waren, die mit Essen und Trinken verbunden werden. An den Esstischen waren sie bedruckt mit Kaffeebohnen, Kaffeegeschirr und Kuchen, Pasta und Spaghetti und die Bilder neben dem Sofa hatten Weine und Weinreben abgebildet. An der dritten Wand hing eine alte Uhr mit Pendel und Gewichten und tickte gemächlich, aber deutlich hörbar. Wir hören leise ein Gekicher und Gegacker aus der Küche nebenan. Es wird lauter und im Türrahmen zum Vorschein kam eine rundliche Frau, etwa Mitte 60 und hinter ihr ein Mann mit dickem Bauch und grau melierten Haaren, ich denke mal in ähnlichem Alter. Sie knöpfte sich den obersten Knopf ihrer Bluse zu und er krempelte seine Ärmel nach unten und verschloss ebenfalls seine Knöpfe an seinem Hemd. Die Haare von beiden sahen etwas zerzaust aus. Etwa wie wenn zwei Kanarienvögel sich zankten. Beide zucken erschrocken zusammen als sie uns in ihrem Wohnzimmer stehen sehen. Sarah und ich sehen erst die beiden an, danach sahen wir uns in die Augen, und wir wussten beide sofort was der andere dachte. Haben die beiden gerade hinten in der Küche … ? Sarah grinst mich an. Ich grinse zurück. Die Frau hat wohl als erstes ihre Fassung wieder zurück und begrüßt uns: Scusi, buonasera, prego?" „Entschuldigung, wir verstehen kein Italienisch, ähm, wir brauchen ein Zimmer, sprechen sie deutsch?" „Spreche wenig deuts, nis viel, aba verstehe was sagen sie. Schuldigung, mache ich Tisch frei. Prego!" Sie macht mit der Hand eine Andeutung, dass wir Platz nehmen können. Der Herr steht noch im Türrahmen zur Küche, sagt nichts und streicht sich seine Haare nach hinten wieder glatt. Im ersten Moment dachte ich, dass er aussieht wie der Typ auf dem Foto mit Tim! Aber erstens habe ich etwas Schwierigkeiten Menschen auf Fotos auseinander zu halten, und zweitens, mit älteren Italienern. Die sehen irgendwie alle wie Mafiabosse aus. Ich kann sie jedenfalls nur schwer auseinanderhalten. „Aben si, e, Chunger? Mechte sie was Esse? Abe Pasta. Frisch! Ala Maria!" Sarah und ich sahen uns an. „Also ich nehme das sehr gerne! Ich habe großen Hunger! Und freue mich riesig auf ihre Pasta!" Offenbar gefällt es Sarah hier. „Gerne, für mich bitte auch eine Portion! Danke", schließe ich mich der Sarah an. Die zwei verschwinden wieder in der Küche und wir hören Töpfe und Geschirr klappern. Ich flüstere zu Sarah: „Haben die in der Küche gerade eine Nummer geschoben?" „Keine Ahnung, aber ich glaube schon!" Flüstert Sarah zurück. Schon kommt sie mit zwei gefüllten Tellern und stellt sie uns auf den Tisch. Das sind aber Portionen für kranke Elefanten!! Wer soll das alles essen?!? Auch der ältere Herr ist wieder dabei und bringt uns noch das Besteck und die Servietten. „Buon Appetito!" sagen beide gleichzeitig, drehen sich um und verschwinden wieder in der Küche. „Danke", sagen wir beide ebenfalls gleichzeitig. Der Duft der Pasta steigt uns in die Nase und Sarah kann es offenbar nicht erwarten, denn sie fängt sofort mit dem Essen an. „Guten Appetit" sage ich noch ehe ich auch anfange zu essen. Mit vollem Mund bringt Sarah noch ein „n´Guten!" heraus, schaut mich aber dabei nicht mal mehr an. Offenbar hat sie gerade nur noch Augen für ihr Essen. Muss ja ein mächtiger Hunger sein den Sarah gerade stillt.

„Man war das lecker! Also ehrlich! So gut habe ich schon ewig keine Pasta mehr vorgesetzt bekommen! Man, kann diese Frau kochen! Das ist ja ein Traum!" Sarah hat ihren Teller bis auf den letzten Krümel geleert. Donnerwetter. Die kann Portionen verdrücken wie ein Hafenarbeiter! „Ja, stimmt, das war mal richtig lecker!" Ich streichele mir über meinen vollen Bauch. „Ich kann nicht mehr, das war eine riesige Portion. Aber du hast tapfer gegessen, das muss ich schon sagen!" Sarah grinst. „Ich hatte aber auch einen wahnsinnigen Hunger, ich konnte nicht anders als einfach in mich hineinschaufeln. Und dann noch dieser Geruch! Mir lief schon das Wasser im Mund zusammen, als sie mir den Teller nur vor die Nase stellte!" Dabei kichert Sarah wie ein kleines Mädchen. „At geschmeckt?" Die Frau des Hauses steht bei uns am Tisch und bringt uns eine Flasche Rot- und eine Flasche Weißwein. „Ja, es war wirklich sehr gut. Fantastisch!" „Sensationell!" ergänzte Sarah. „Lieber die rote, ode die Weißwein? Die Weiße is molte bene!" „Verzeihung, sind wir bei Ihnen schon richtig? Wir wollten in die Pension Maria. Wir möchten ein Zimmer für eine Nacht für uns beide." „Si, keine Problem, abe ich Zimmer für Liebepaar, iste keine Problem. Angelo, bitte mache die Zimmer fur die zwei junge hier!" „Si, Maria, komme eine Minute." Tönt es aus der Küche. „Wie viele Nacht bleibe hier?" „Nur eine Nacht bitte, morgen früh fahren wir weiter nach Motocappuconto." „Montepulciano!" wirft Sarah ein. „Oh, schöne Stadt für junge Paar." Dabei lächelt sie über ihr ganzes Gesicht. Ihre Backen leuchten rot und sie strahlt uns mit ihren Augen an. „Die Rote oder die Weiße?" Sarah schaut mich an: „Wir nehmen den Weißen, ja?" „Gerne." Maria zwinkert Sarah zu und verschwindet mit unseren Tellern in der Küche.

Ich schenke uns den Wein in die Gläser ein und ich versinke dabei in Gedanken. Italien! Wir sind echt in Italien! Mit dem Taxi! Mit **meinem** Taxi!!! Sensationell!! Wenn ich das alles dem Charly erzähle, der flippt aus! Komplett!! Was werden wohl die ganzen Kollegen sagen? Was wird mein Chef sagen, wenn er diesen Umsatz sieht?

„Was denkst du?" Sarah hat gemerkt wie ich mal wieder mit meinen Gedanken unterwegs bin. „Ich kann es einfach noch gar nicht fassen, dass wir tatsächlich in Italien sind und das mit meinem Taxi! Das ist einfach sensationell! Findest du nicht?" „Na gut, ich war zwar schon mal in Italien, sogar öfters, aber mit einem Taxi hatte ich das auch noch nicht." „Warum bist du eigentlich nicht selber gefahren? Ein Auto hast du ja, oder?" „Das hat mein Bruder. Oder vielmehr, hatte mein Bruder. Wo es jetzt steht weiß ich überhaupt nicht. Er ist ja nicht erreichbar. Das Auto meiner Eltern wollte ich nicht, ich wollte sie nicht fragen, denn dann wäre alles gleich aufgeflogen. Und Bus oder Zug kommt für mich nicht infrage. Ich kann das nicht so gut. Ich meine mit vielen Menschen auf einmal in einem engen oder kleinen Raum. Verstehst du? Und Fremde noch dazu." „Aber ich bin doch auch fremd für dich gewesen als du mich gefragt hast?" „Nein, bei dir ist es etwas anderes. Dir habe ich von der ersten Sekunde an vertraut. Du warst, du warst mir sofort, ich weiß auch nicht, du warst einfach da. Auf einmal bist du in meinem Leben aufgetaucht, wie aus dem nichts, und ich wusste sofort, dass du mir helfen wirst. Ich habe dir einfach sofort angesehen, dass du einer von den Guten bist!" Dabei lächelt sie mich an und legt ihre beiden Hände auf meine. Ich bekomme eine Gänsehaut! „Danke. Das hat schon lange niemand mehr zu mir gesagt. Ich meine, das ich vertrauenerweckend bin und so. Meistens höre ich andere Dinge. Außer von Charly, der mag mich auch! Aber ich mag ihn auch, das ist so ein lieber, er ist auch der Grund warum ich heute Taxi fahre, er hat mir den Tipp gegeben und anschließend geholfen den Taxischein zu machen. Sogar das Taxi auf dem ich fahre hat er mir vermittelt. Er ist echt in Ordnung." „Du magst ihn, ja?" „Ja, ich vertraue ihm blind. Er ist, er ist wie ein Vater für mich, den ich nie hatte." „Was ist mit deinem Vater?" „Das ist eine lange Geschichte. Und auch keine schöne. Lass uns über etwas schönes reden. Was machst du eigentlich sonst so? Ich meine, wenn du nicht gerade einen Taxifahrer für eine Fahrt bis nach Italien buchst?" „Ich arbeite in der Firma, das heißt im Büro von meinem Vater. Ich bin in der Rechnungsabteilung und prüfe und schreibe Rechnungen. Materialzuordnungen, Adresskorrekturen, Rechnungserstellung, Reklamationen, all so ein Kram. Total spießig und stinklangweilig. Ehrlich. Aber ich möchte gerne mehr von dir wissen, du bist doch nicht schon immer Taxifahrer, oder? Was hast du früher, oder davor gemacht? Und wo wohnst du, und, ähm, was ich schon lange fragen möchte, hast du, ich meine, bist du, ich, wie soll ich sagen? Hast du, eine, eine Freundin? Oder bist du sogar ver-hei-ratet?" Erst wird sie langsamer, dann fängt sie zu stocken an und schließlich stottert sie fast. Dabei sieht sie mich von unten herauf an, ich könnte schmelzen wie Butter in der Sonne!! „Ja, davor habe ich natürlich auch etwas gemacht, aber wenn ich ehrlich bin, dann war das alles nichts Besonderes. Nach der Lehre wurde ich von meinem Betrieb nicht übernommen, ich habe mich danach mit kleinen Jobs über Wasser gehalten. Dies und jenes in vielen Bereichen gemacht. Einige Male über Zeitarbeitsfirmen, das war schuften für wenig Geld. Das meiste von der Kohle haben die Firmen kassiert die mich vermittelt hatten. Und wenn ich nicht mehr gebraucht wurde, stand ich von einer Woche auf die andere in einem anderen Betrieb oder war einfach wieder raus. Und eine Freundin habe ich nicht, verheiratet bin ich auch nicht. Auch nicht geschieden und Kinder habe ich auch keine. So! Aber jetzt bin ich dran! Wie ist das bei dir? Gibt es einen Mann an deiner Seite und was ich schon lange wissen möchte: Wie alt bist du?" „Was glaubst du denn wie es um mich steht?" „Was ich glaube? Hm, schwer, also ich meine es ist für mich schwer vorstellbar, dass eine Frau wie du keinen Freund hat! Ich denke eher, dass du dir die Jungs regelrecht aussuchen kannst! Schließlich bist du nicht nur wahnsinnig attraktiv, du bist, du bist einfach alles auf einmal! Nett, hübsch, intelligent, freundlich, hilfsbereit, sozial, einfach, wie soll ich sagen? Du bist einfach alles auf einmal! Ich finde dich, … umwerfend! So, jetzt weißt du es, ich bin fasziniert von dir! Seit, du in mein Taxi gestiegen bist und ich dich für einen Typen gehalten habe. Sag schon, hast du einen oder nicht?" Sie läuft rot an wie eine Tomate! Sie blickt auf den Tisch und sagt kein

Wort! Sie atmet nur hörbar! „Habe ich etwas Falsches gesagt? Was ist? Ähm, Sarah, alles in Ordnung?

„Du hast mich für einen Typen gehalten?!?" „Ja, entschuldige, aber ich konnte dein Gesicht nicht richtig sehen. Du hattest deine Kapuze so tief in dein Gesicht gezogen, ich konnte dein Gesicht einfach nicht erkennen. Dazu noch die Popper-Klamotten, Skater-Hosen und Hip-Hop-Turnschuhe, das sah einfach nach einem Typen aus und nicht nach einer so hübschen Frau wie du es bist. Du hast dich gut getarnt." „Danke. Das ist lieb von dir."

„Alles O.K. bei dir? Kann ich noch bringe von diese Wein?" Maria steht schon mit der nächsten Flasche im Arm an unserem Tisch. „Danke, aber ich bin wirklich sehr erschöpft und hundemüde, ich denke wir gehen besser schlafen, morgen möchten wir zeitig aufbrechen. Und wenn wir jetzt noch eine Flasche Wein anfangen, dann wird das morgen nichts werden." „Allora, keine Problem, ich zeigen de Zimmer, attencione, komme mite mir." Uh, das ging jetzt aber schnell. Damit habe ich nicht gerechnet. Aber, sie hat ja recht, wir sollten morgen wirklich früh aufstehen und uns auf den Weg machen. Ihren Bruder schnappen und wieder zurückfahren. Wir sind hier ja schließlich nicht im Urlaub, sondern wir haben eine Mission zu erfüllen, nicht wahr?!?

Das kleine Zimmer im ersten Stock ist niedlich eingerichtet. Ein Stil, wie ich ihn aus dem Allgäu kenne. Bemalter, kleiner, hölzerner Wäscheschrank, und ein Bett, bei dem nur noch das Gestell oben drauf fehlt mit den Tüchern, damit es ein perfektes Himmelbett wird. Bis ich mich für das Bett fertiggemacht habe und aus dem Badezimmer komme, liegt Sarah schon in den Träumen. Sie ist tatsächlich innerhalb weniger Minuten eingeschlafen. Das mit der Grenze, das hat sie wohl sehr belastet. Oder natürlich die Überportion Pasta, die liegt ebenfalls wie ein kleiner Ziegelstein im Magen. Sicherlich kommt bei ihr einiges zusammen, alleine schon die Sorgen um ihren Bruder Tim. Ich schleiche mich ebenfalls unter die Decke und ertappe mich, wie ich ihr am liebsten einen Gutenachtkuss geben möchte. Ich stütze mich auf meinen Arm und sehe sie an. Einfach nur ansehen. Wie sie ruhig da liegt und schläft. Sie atmet total entspannt und langsam. Sie scheint schon tief zu schlafen. Wie sie da liegt, so unschuldig, hübsch, wie ein kleiner Engel. Doch ein Kuss? Ein kleiner? Auf die Backe? Verdammt! Zum Anbeißen sieht sie aus! „Niklas! Reiß dich zusammen! Sie ist deine Kundin!" schimpfe ich mit mir selber! „Schlaf jetzt!" Befehle ich mir auch noch. Nur zur Sicherheit! Für den Fall, dass ich nicht beim ersten Mal gleich auf mich höre … Ich knipse das Licht aus. Kurz bin ich noch versucht nach ihrer Hand zu suchen, lasse es aber dann doch.

15 – Wo ist mein Taxi?!?

Dritter Tag, Montagmorgen.

Die Nacht war wie die vorherige auch schon, der reinste Koma-Schlaf. Einpennen und sofort von nichts mehr etwas mitbekommen. Und bis ich wieder aufwache, ist schon der nächste Morgen da. Das ist schon etwas Herrliches. Vielleicht sollte ich doch in die Tag-Schicht wechseln. Aber darüber kann ich mir noch später Gedanken machen. Die Sonne blinzelt zwischen den rot geblümten Vorhängen durch. Das sieht nach einem schönen Tag aus. Ich kann meine Augen noch überhaupt nicht richtig öffnen. Alles leuchtet irgendwie und blendet mich. Die zweite Bettseite ist schon wieder leer. Wo zum Geier ist sie denn schon wieder? Also echt, diese Frau! Ständig kommt mir diese Frau abhanden. Also eine Klette ist sie wahrlich nicht. Das kann man wirklich nicht behaupten. Wenn sie meine Frau wäre, ich glaube, ich müsste sie anleinen. Ständig ist sie verschwunden …

„Guten Morgen!" Ich erschrecke und zucke kurz zusammen. Sarah kommt mit munterer Laune aus dem Badezimmer. „Ups, wollte dich nicht erschrecken, sorry. Ich sehe mal nach, wie es hier um ein Frühstück steht. Vielleicht zaubert uns die Maria etwas Leckeres, ehe wir uns auf den Weg machen. Bis ich wieder zurückkomme, kannst du dich ja schonmal so weit fertigmachen, ja?" Rums. Schon fällt die Türe in ihr Schloss. Ja, auch guten Morgen. Ja, ich stehe ja schon auf. Ja, bis du zurück bist, bin ich sicherlich auch fertig. Ja, ich mache ja schon.

Pff. Ich kann noch überhaupt keinen klaren Gedanken fassen. Aber was macht man nicht alles? Also los, dann mal raus aus den Federn.

Das Badezimmer ist winzig. Gerade eine Person passt hinein. Auch mit umdrehen wird es schon schwierig. Und die Duschkabine, die ist echt mini. Aber gut, rein, duschen, fertig und raus. Wenn es sein muss, dann geht das ratz fatz! NEIN!! Ich habe schon wieder meine frischen Klamotten im Zimmer vergessen! Verdammt! Na gut, wenn sie dieses Mal wieder herein stolpert, dann ist es jetzt wenigstens nichts mehr Neues. Schließlich hat sie mich ja schon ausgiebig betrachtet! Diese kleine Teufelin! Also, Badezimmertüre einen Spalt öffnen: „Sarah?" Nichts, keine Antwort. Also, Attacke! Ich flitze um meine Bettseite, und? Was passiert? Es kommt was kommen muss! Klack und die Zimmertüre geht auf und ich stehe in komplettem Adamskostüm vor Sarah! Uff! Cool bleiben! Nur keine Panik! Schließlich sind wir beide erwachsene Menschen! Aber ich erstarre! Ich stehe vor ihr wie festgenagelt! Wie ein Opferstock und kann mich nicht mehr bewegen. Ich mache keinen Mucks! Sie dagegen bleibt völlig locker. Sarah sieht an mir herunter, verweilt kurz und dann wieder herauf. Als sie wieder mit ihrem prüfenden Blick in meinem Gesicht angekommen ist, und mir in die Augen sieht, fängt sie unglaublich frech an zu grinsen: „Ups! Schon wieder, so ein Pech aber auch! Entschuldige bitte." Sie wird dabei nicht einmal rot im Gesicht! Nicht im Geringsten! Im Gegenteil! Sie setzt ein Lächeln auf, das ist ... unbeschreiblich! Wenn ich nicht gerade splitternackt vor ihr stehen würde ... Aber, ich finde ebenfalls wieder zur meiner Fassung und zu meiner Schlagfertigkeit zurück. Möglichst cool, und mit dem lässigsten Blick, den ich in diesem Moment aufsetzen kann, sage ich: „Darf ich mal? Auf der Kommode hinter dir steht meine Tasche, ich sollte kurz an die ran. Da sind meine frischen Klamotten drin." „Ähm, ja, natürlich, entschuldige, und, was ich noch sagen möchte, Maria hat für uns ein Frühstück vorbereitet, du wirst staunen! Ich warte unten auf dich." Rums, die Zimmertüre fällt wieder ins Schloss. Diese Frau! Auf der einen Seite macht sie mich verrückt, auf der anderen Seite ist sie mit Abstand das Beste, was mir seit einigen Jahren passiert ist! Dieses Mal war ich, sagen wir mal, etwas vorbereiteter als bei dem ersten Mal gestern, und bin nicht gleich aus allen Wolken gefallen. Zumindest nicht so sehr wie gestern früh. Da hat sie mich erstens total überrascht, und zweitens mich dabei ohnehin schon ausgiebig gemustert. Dieses Mal rührte ich mich kein bisschen. Im Gegenteil. Ich zuckte nicht, ich erschrak nicht, ich blieb einfach stehen. Einfach, als ob überhaupt nichts Besonderes wäre. Verrückt nur, dass sie auch einfach stehen blieb, als ob nichts wäre! Als ob es das normalste von der Welt wäre, den eigenen Taxifahrer nackt zu sehen. Passiert ihr das öfter? Na ja, zugegeben. Was ist bei diesem Ausflug schon normal?

Wenige Minuten später, komme ich in das „Wohnzimmer", in dem Sarah schon vor einer Tasse Kaffee sitzt. „Wow, was ist das denn alles? Das sieht ja fast schon wie gestern in dem Hotel aus! Nur noch liebevoller angerichtet! Und diese unglaublichen Mengen?!? Wer kommt noch alles?" „Tja, das ist alles für uns! Wir sind die einzigen Gäste heute. Ach ja, und Maria hat uns einen Weg-Proviant für die Fahrt vorbereitet. Diese Tasche dort hinten, am Buffet rechts, die ist für uns." „Ich bin echt sprachlos. Also, dass mit den Übernachtungen, das kann gerade so weitergehen. Toll, ich bin echt begeistert." „Ja, das gefällt mir auch ganz gut, muss ich schon sagen."

In meiner Hosentasche vibriert es. „Ups, entschuldige, mein Handy klingelt." Ich fummele aus meiner Hosentasche mein Telefon und sehe auf das Display.

>Peter Häußler ruft an<

steht darauf. „Scheiße! Mein Chef ruft gerade an! Was ist heute für ein Tag?" „Heute ist Montag. Montag früh, und wenn die alte Uhr da an der Wand stimmt, dann haben wir es gerade kurz vor halb neun." „Montag?!? Heute ist Montag?!? Verdammt?!? Ich wollte ihm doch schreiben! Jetzt wartet er, dass er anfangen kann zu arbeiten! Also, ich meine, Taxi zu fahren! Verdammt, hilft alles nichts. Da muss ich jetzt wohl durch. „Taxi Häußler, guten Tag?" „Hey, Niklas, guten Morgen, Peter hier, bist du an irgendeinem Taxistand eingeschlafen? Wo bleibst du denn? Ist schon halb neun." „Ähm, guten Morgen Peter. Wir, wir sind noch unterwegs. Aber das dauert auch noch, ähm, das wird mit dem Schichtwechsel so schnell nichts werden." „Was heißt das denn, dass das so schnell nichts werden wird? Hast du eine weite

Fahrt bekommen? Wie lange brauchst du denn bis du wieder hier bist? Wo bist du denn hingefahren?" „Ich, wie soll ich sagen? Ich bin noch nicht ganz am Ziel angekommen, ich habe noch, keine Ahnung, vielleicht 150 Kilometer, ich weiß es nicht genau." „Ja, in Ordnung, wow, nicht schlecht. Da hast ja Glück gehabt. Ist ja nicht so schlimm. Dann fange ich eben später an. Dann brauchst sicherlich noch eineinhalb Stunden bis du dort bist, und zurück? Bis wann bist du zurück?" „Genau das ist es, was ich nicht genau sagen kann ..." „Niklas! Was soll das heißen, du musst doch wissen wie viele Stunden diese Fahrt dauert?!? Herrgott, wann bist du denn losgefahren?" „Am Samstag, etwa um 22.00 Uhr." In diesem Moment habe ich sicherheitshalber den Hörer etwas weiter von meinem Kopf entfernt gehalten. Eine solche Situation hatten mein Chef und ich noch nicht. Ich hatte also keine Ahnung wie er reagieren würde, Aber, es kam nicht so wie erwartet: Es kam nämlich nichts! Gar nichts! Totenstille am Telefon! „Peter? Bist noch dran?" „Wann? Wann bist du weggefahren?" „Samstag, etwa gegen 22.00 Uhr." „Am Samstag? Um 22.00 Uhr?? Das sind, das sind, Moment, das sind ja, Sekunde, DAS SIND JA ÜBER 30 STUNDEN!!! Ist das dein Ernst?!? Ich vertrage solche Scherze nicht schon am Montag in der Früh, ich habe noch nichts gefrühstückt!! Also Vorsicht mein lieber Niklas. Wo bist du und wo ist mein Taxi?!?" „Es ist wirklich kein Scherz, wo ich genau bin weiß ich gar nicht, aber es ist Norditalien, irgendwo in Tirol oder so, und wir fahren nach Motorkano." „Montepulciano" wirft Sarah ein. „Dort holen wir ihren Bruder ab und kommen gleich

wieder zurück, versprochen!" „Italien?" „Ja, Italien!" „Norditalien?" „Ja, Norditalien!" „Tirol?" „Ja, Tirol!" „Moltociano" „Jaha! Moltociano!" „Montepulciano!" wirft Sarah ein. Herrgott!?! Hat der ein Diktiergerät verschluckt, dass er alles wiederholen muss?!? „Ihr holt ihren Bruder dort ab?!?" Ok, ich verstehe ja, dass das alles nicht so leicht zu glauben ist. Ich habe am Anfang ja auch kurz überlegt und gestutzt. Aber! Aber so lange habe ich auch nicht gebraucht, um es zu kapieren, oder?!? „Jaaahhaaaa, wir holen dort ihren Bruder ab! In Multacapuccino." „Montepulciano", wirft Sarah leise ein. „Und sobald wir ihn haben, werden wir uns sofort auf den Rückweg machen, versprochen!" Nach einer kurzen Pause: „Du meldest dich wenn noch etwas ist, ja?" Jetzt muss ich eine kurze Pause einlegen. „Ööhh, ja, O.K., mache ich, in Ordnung." „Dann gute Fahrt euch drei! Bis dann, Grüße!" Ich höre nur noch ein „Klick."
Ich blicke auf das Display:

>Gespräch beendet<

steht dort. Dann wird mein Bildschirm dunkel. Ich gucke wie von einem Blitz getroffen weiter auf mein schwarzes Display. „Niklas? Alles in Ordnung?" Sarah sieht mich verwundert an. „Hat er dich geschimpft? Was hat er gesagt? Musst du ihm sein Taxi gleich zurückbringen?" „Nein, im Gegenteil. Ich vermute jetzt einfach mal, entweder er glaubt mir kein einziges Wort und er vermutet eine Dummheit hinter meiner „Ausrede", oder er kann es einfach nicht wahrhaben. Ich kann es gerade nicht einschätzen. Er sagte nur „gute Fahrt und Grüße", dann legte er auf." „Der ist ja witzig. Wie war das? Wie hast du dich anfangs gemeldet? Mit „Taxi Häußler?" „Ja, er heißt Peter. Peter Häußler. Und ich habe seine Telefonnummer für die eingehenden Anrufe in der Zeit, in der ich sein Auto fahre. Aber jetzt wird er die Rufumleitung wieder herausnehmen. Wenn jetzt einer seiner Kunden anruft, kann ich diese Fahrt ja eh nicht machen." „Zumindest nicht mit seinem Taxi, hihi!" „Sarah, wir bezahlen das Zimmer und sehen zu, dass wir jetzt deinen Bruder abholen und wir wieder zurückkommen. So schön es mit dir ist diesen Ausflug zu machen, aber ich möchte Peters Geduld wirklich nicht bis auf das letzte ausreizen. Lass uns unsere Sachen holen und auf den Weg machen, ja?" „Ja, es ist schon alles so weit erledigt. Wir können unsere Taschen holen und gleich losfahren. Das Zimmer habe ich schon bezahlt. Nur schade, dass wir uns jetzt nicht von Maria persönlich verabschieden können. Sie ist mit ihrem Lover zum Einkaufen gefahren. Sie wollte bis in einer Stunde zurück sein." „Ja, schade, mir wäre es anders auch lieber." Sarah und ich aßen noch auf, schnappten uns den von Maria bereitgestellte Reiseproviant, und marschierten mit unseren Taschen gerade durch den Flur zur Haustüre. Aber in diesem Augenblick öffnete sich diese schon und Maria stand vor uns. „Buongiorno! Abe si gute geschlafen, si?" „Ja wir haben sehr gut geschlafen, leider haben wir wenig Zeit und müssen Sie leider schon verlassen. Aber wir kommen sicher auf unserer nächsten Italienreise vorbei! Versprochen!" „Grazie, ich wisse, keine Zeit diese junge Leute, ma bene, mille grazie, komme si bald wieder, gute Reise! Ciao, ciao!" Sarah und ich verlassen das Haus und gehen zum Parkplatz. Aber auf dem Parkplatz steht nur der alte Fiat von Maria! „WO IST MEIN TAXI?!?" „Hast du nicht direkt vor der Haustüre geparkt? Oder? Wir sind gestern doch direkt hier ausgestiegen, oder spinne ich jetzt?" „JA! Mann! Natürlich habe ich direkt neben der Türe geparkt! Hier! Direkt vor dem Schild „PENSION MARIA" habe ich es abgestellt!" „Und, wo ist es jetzt? Ich, ähm, ich meine, was machen wir jetzt? Ohne dein Taxi kommen wir nicht weiter!" „Das weiß ich auch! Aber was weiß ich denn? Ich habe keine Ahnung was wir jetzt machen! Es muss gestohlen worden sein! Wir müssen die Polizei rufen! Ich fasse das nicht! Eine Nacht auf italienischem Boden und schon klauen die mein Taxi! Ich glaube das einfach nicht! Scheiße verdammte! Was mache ich jetzt nur?!?" „Wir fragen Maria nach der Polizei, und bis die hier ist, kannst du, vielleicht, ich weiß ja nicht, aber vielleicht sollte es Peter auch, erfahren, oder?" „Scheiße! Ja! Ich muss ihm Beschied sagen! Klar! Oh nein! Ich drehe durch! Nein! **ER** wird durchdrehen!! Sein Daimler! Sein heiliger Benz! Der bringt mich um! Ich glaube, mir wird schlecht!" Mir ist tatsächlich total schwindelig und schlecht! Was mache ich jetzt nur? Ich setze mich auf die Stufen vor Marias Haustüre. Ich krame mein Handy aus meiner Hosentasche und suche die Nummer von Peter. „Iste alles in Ordnung?" Maria hat mich wohl gehört. „Nein, nichts ist in Ordnung. Mein Taxi wurde heute Nacht gestohlen!" „Deine Taxi? Geklaut? Ich rufe die Polizia, die iste sofort ier! Iste meine Bruder! Uno momento! Komme glei wieder!" Und zack ist sie im Haus verschwunden. Es dauert keine zwei Minuten und Sarah und ich können nur erahnen was Maria am Telefon alles in den Hörer schreit. In dieser Lautstärke könnte sie das Telefon eigentlich weglassen, man hört es auch so durch das ganze Tal! Italienisches Temperament! Mein lieber Schwan!

Tatsächlich, es dauert keine zehn Minuten und ein Streifenwagen hält vor uns auf dem Parkplatz. Noch bevor ich etwas sagen kann, kommt Maria schon aus dem Haus gelaufen und erklärt lautstark ihrem Bruder die Sachlage. Dabei rudert sie so ausladend mit ihren Armen, dass ihr Bruder mehrmals mit dem Kopf zurückweichen muss. Währenddessen kommt die junge Polizistin auf uns zu, die ebenfalls mitgekommen ist. Sie streckt mir ihre Hand entgegen. „Hallo, ich bin die Andrea. Andrea Martinelli. Wir können uns auf Deutsch unterhalten. Ihr Auto wurde gestohlen?" „Ja, mein Taxi. Ich stellte es gestern Abend hier vor die Türe, und heute früh war es weg!" „Haben sie Papiere von dem Auto bei sich?" „Nein, es ist nicht mal mein Taxi, es gehört meinem Chef!" „Ein Kennzeichen werden sie aber sicherlich wissen, sodass wir vorab eine Suchmeldung herausgeben können, oder?" „Ja, natürlich." Ich sage ihr was ich alles weiß, sie notiert fleißig mit und sie setzt sich an ihr Funkgerät. Während Maria ihren Bruder anschreit und Andrea sich mit ihrem Funkgerät beschäftigt, habe ich das Gefühl das mir der Boden unter den Füßen weggezogen wird! Ich bekomme weiche Knie und setze mich wieder auf die Stufen vor dem Haus. Dieses Mal bin ich derjenige, der verzweifelt und dieses Mal ist es Sarah, die mich in den Arm nimmt und tröstet. „Komm schon, du kannst nichts dafür. Außerdem ist es doch nur ein Auto, uns ist nichts passiert und versichert ist es doch auch! Vielleicht finden die dein Taxi ja auch wieder. Ich meine, wer ist eigentlich so doof und klaut ein Taxi?!? Schließlich muss man doch mit diesem Auto arbeiten!" Sie steht vor mir, unten an den Stufen und hat einen Arm um meine Schulter und mit der anderen Hand streicht sie über meinen Kopf. So wie ich es erst bei ihr getan habe, nach dem Theater an der Grenze. „Keine Ahnung wer so blöd ist!" „Ich habe die Suchmeldung aufgegeben und wir fahren nun zusammen auf unsere Polizeistation. Dort können wir dann die Formalitäten erledigen. Ja?" Sarah antwortet für mich, denn ich habe noch meinen Kopf an ihrer Brust vergraben. Sie lässt mich aber auch nicht los, sodass ich antworten könnte. „In Ordnung, wir kommen." Wir nehmen unsere Taschen und Andrea öffnet uns die hintere Türe von ihrem Streifenwagen. Die Rücksitzbank ist durch eine vergitterte Scheibe nach vorne abgetrennt. Außerdem riecht es fürchterlich. Aber die Fenster lassen sich nicht öffnen. Das wird ja immer besser. Meine Laune hat ihren Tiefpunkt erreicht. Sarah bemerkt es und nimmt mich wieder tröstend in den Arm. Jetzt sitzen auch Andrea und Marias Bruder vorne in den Wagen und wir fahren in das Tal hinunter.

Sarah unterbricht die Stille im Wagen: „Sie sprechen fehlerfrei Deutsch, haben sie in Deutschland gelebt?" „Ja, ich bin in Deutschland aufgewachsen, aber meine Eltern sind hier aus der Gegend und ich habe hier meinen Mann kennengelernt und seit fünf Jahren lebe ich hier." „Das ist eine Wundervolle Gegend hier in den Bergen, ich beneide sie." „Ja, es ist tatsächlich sehr schön hier. Leider kämpfen wir in den letzten Wochen mit Autodieben. Es muss eine Gruppe mit Jugendlichen sein, so viel wissen wir schon. Die Autos tauchen üblicherweise in den umliegenden Wäldern wieder auf. In den meisten Fällen innerhalb von einem Tag. Wir glauben, dass sie nur für kleine Spritztouren gestohlen werden. Aber sie sind verdammt gut und machen das sehr geschickt. Wir haben schon Lockfahrzeuge aufgestellt, aber sie beschränken sich nicht auf eine Region oder Stadt, das macht es schwierig." Jetzt bin ich aber auch hellhörig geworden: „Dann haben wir eine Chance unser Taxi wiederzubekommen?" „Wenn es die gleiche Gruppe ist, ja. Wenn nicht, dann eben nicht. Wie schon gesagt, wenn sie Glück haben sogar innerhalb 24 Stunden. Aber dass sie ein Taxi stehlen, das ist auch für uns neu. Denn das ist schließlich sehr auffällig." Die restlichen Minuten bis zum Revier herrscht Schweigen.

In einer der Ortschaften sind wir in eine schmale Seitengasse abgebogen. Das Revier sieht geradezu putzig aus. Es ist mitten in einer Häuserwand. Links und rechts davon sind viele Geschäfte und Läden. An der Straße entlang parken auf beiden Seiten vor den Schaufenstern die Autos. Auch Handwerker und Sattler sind hier und stellen ihre Waren aus. Dazwischen prangt an der Wand ein kleines Schild neben einer großen, grünen Flügeltüre aus Holz. „POLIZIA" Über dem Eingang ist eine Figur in Stein gemeißelt. Die Sprossenfenster haben ebenfalls grüne Läden. Es könnte auch der Eingang zu einem Blumenladen sein. Andrea dreht an dem großen Messingknopf der Türe und bittet uns hinein. „Bitte, herein in die gute Stube. „Hier können sie Platz nehmen." Andrea führt uns in ein Zimmer mit einem Schreibtisch und ein paar Stühlen. „Ich bin gleich wieder bei euch." Sarah und ich nehmen Platz. Das Zimmer erinnert uns beide an das Verhör an der Grenze. Das Zimmer dort hatte eine ähnliche Einrichtung. Unheimlich. Andrea lässt uns ziemlich warten bis sie mit einigen Formularen wieder zu uns zurückkommt. „Bitte füllt mir diese Formulare hier vollständig aus. Diese Informationen werden wir anschließend an sämtliche Polizeidienststellen weiterleiten. Sollte das Taxi irgendwo auftauchen, werden wir sie informieren. Bitte eine Telefonnummer angeben, unter der ihr hier auch erreichbar seid. Sonst können wir euch nicht verständigen, wenn wir euer Taxi gefunden haben sollten." „In Ordnung, danke." Bereits nach wenigen Minuten nimmt uns Andrea die Formulare wieder ab. „Ich werde das hier an die anderen Dienststellen jetzt weiterleiten. Ich empfehle euch noch einen Tag zu warten, ehe ihr weiterreist. Wer weiß, vielleicht taucht euer Taxi noch auf. Ich kann es nur nicht versprechen." „Lass uns hier in der Stadt ein wenig umsehen. Wenn es sein muss, werden wir eben noch eine Nacht bei Maria bleiben. Morgen früh können wir uns immer noch entscheiden was wir machen. Außerdem solltest du jetzt endlich Peter anrufen!" Sarah sieht mich dabei mit großen Augen an. „Ich lasse euch jetzt alleine, ich habe noch viel zu tun. Ihr findet selber den Ausgang? Und sobald ich etwas von eurem Taxi höre, werde ich mich bei euch melden. Versprochen!" Andrea verschwindet durch eine weitere Seitentüre im Flur. Sarah und ich verlassen das Polizeirevier und stehen in dieser Gasse mit den Geschäften. Es herrscht reges Treiben in den Geschäften und Läden. „Och, sieh mal was es hier für tolle Läden gibt!" Sarah flitzt in ein Geschäft mit Handtaschen aus Leder. In der Auslage und in den Schaufenstern finden sich noch weitere Dinge, die alle aus Leder hergestellt wurden. Gürtel, Geldbörsen, Brieftaschen, Rucksäcke und so weiter. Aber mir ist jetzt überhaupt nicht nach Shopping. Im Gegenteil. Am liebsten würde ich mich in einem Zimmer verkriechen. Oder ich vergrabe mich in einem Sandkasten! Genau! Vergraben! Gute Idee! Was soll ich denn nur Peter erzählen?!? Das ich mir seinen geliebten Mercedes habe klauen lassen?!? Direkt vor der Nase?!? Wahrscheinlich kann ich mir einen neuen Job suchen, wenn wir wieder zurück sind! So wird es sein! Schluss mit Freiheiten und mit dem leichten Geld verdienen! Hätte ich mich nur niemals auf diese Schnapsidee eingelassen! Mit dem Taxi nach Italien! So ein Schwachsinn! Das musste ja schiefgehen! Ich brauche Bier! Jetzt!

Ich sah mich um. Aber außer den Läden, die versuchen irgendein unnützes Zeug zu verkaufen, war hier nichts zu entdecken, was meinen Bierdurst gestillt hätte. „Sieh mal was ich schönes gefunden habe!" Sarah stürmt aus dem Laden auf mich zu und strahlt dabei über ihr ganzes Gesicht. „So eine Ledertasche suche ich schon seit Jahren! Die Handtasche ist ein Traum! Sieh doch nur! Und hier habe ich sie jetzt durch Zufall entdeckt! Sie ist perfekt!" Sarah hält mir ihre neue Errungenschaft vor meine Nase. Dabei klappt sie sämtlichen Deckel auf und zu, als ob in jedem kleinen Fach ein Schatz sein könnte. „Hier gibt es nirgends Bier zu kaufen, nur so unnützen Kram!" „Bier?!? Du willst jetzt Bier kaufen?!? Ernsthaft? Wir haben es gerade mal 11 Uhr am Vormittag! Jetzt pass mal auf: Dass dein Taxi geklaut wurde, O.K.! Das ist echt blöd. Und dass das jetzt gerade hier in Italien passiert ist? O.K.! Das ist auch doof. Dass du mit Peter Stress bekommen wirst, das ist sicherlich auch nicht schön. Ja. Aber er wird dich ja nicht gleich umbringen, oder? Und ich kann übrigens auch nichts dafür! Also lass dich nicht hängen. Lass uns nicht hängen! Wir machen das Beste daraus und vielleicht können wir morgen mit deinem Taxi schon wieder weiterfahren! Warte doch erst einmal ob sie dein Taxi wiederfinden! Ja?" „Sorry, Sarah, ich bin jetzt echt nicht in Stimmung für Shopping-Touren. Sie Mal, da hinten an der Ecke, das sieht nach einem kleinen Straßencafé aus. Ich werde mich dort reinsetzen und mit Peter telefonieren. Und wenn du auch so weit bist, dann kommst du einfach auch dazu, ja? Entschuldige bitte, aber durch Läden marschieren und wild einkaufen, das kann ich jetzt echt nicht. Verzeih bitte, ich warte in dem Café auf dich?" „In Ordnung Niklas, aber rufe auch wirklich den Peter an! Ich komme gleich nach." Sie gibt mir einen Kuss auf die Backe und verschwindet im nächsten Einkaufsladen hinter der Türe. Es ist ein Geschäft mit, keine Ahnung mit was. Ich habe da jetzt aber auch echt keinen Nerv dafür. Ich laufe los in Richtung Café.

In dem Café gibt es einen freien Tisch vor den bodentiefen Fenstern zur Straßenseite. Den nehme ich und winke mir den Kellner. „Deutsch?" „Äh, ja, sieht man mir das an?" „Si, ich sehe das doch. Ich heiße Sascha. Ich habe einige Jahre in Berlin gelebt. War mir aber zu stressig. Darum bin ich jetzt hier. Ist viel angenehmer zu leben." „Freut mich. Aber ich habe jetzt echt Durst. Bierdurst!" „Ja. Verstehe ich. Ich komme sofort. Moment." Das fehlt mir noch. Einer der mir seine Lebensgeschichte erzählt. Ich will nur Bier. Keine Informationen. Schon zweimal nicht von einem gestrandeten Sascha aus Berlin! Und Peter sollte ich auch noch anrufen. Aber erst trinke ich etwas. Dann klappt es sicherlich leichter, ihm das zu beichten.

Sascha wird immer sympathischer. Nach einer Weile trinken wir zusammen auf Italien, die Frauen, die Autos, die Liebe und das Leben im Allgemeinen. Er hat nicht nur ein leckeres Bier, er hat auch einen fantastischen Liqueur in seiner Bar. Und das Bier löscht den Durst. Fantastisch! Mir gefällt es hier immer besser! Vielleicht sollte ich auch hierher nach Italien auswandern. Hier ist das Leben so leicht. Viel leichter als bei uns! In Deutschland heißt es ständig und immerzu arbeiten, arbeiten. Hier wird auch zwischendurch gefeiert! Ja, so muss das sein, prost!!

„Niklas?!?" „Was? Hicks! Sarah? Sarah! Schöschö, schön dich su sehen, alle´ klar? Was gefun´n?" Sascha hält seinen Kopf hoch und schaut zum Eingang: „Wersn das?" fragt er mich. „Dasis Sarah! Die tollste Frau der Welt! Das isi! Un Sarah, dasis

Sascha, deris auch suuuper!" Sarah fallen fast ihre Taschen aus der Hand: „Suuuper?!? Bist du etwa betrunken? Jetzt nicht wirklich! Niklas! Kann ich dich denn keine ..." Sie schaut auf ihre Armbanduhr. „Oh, stimmt meine Uhr? Ist schon so spät? Jedenfalls, kann ich dich nicht einen kurzen Moment aus den Augen lassen? Hast du dich hier volllaufen lassen? Du bist mir ja einer! Aber ich denke, darauf kommt es jetzt auch nicht mehr an, was? Ich rufe uns ein Taxi und dann fahren wir zurück zu Maria!" beschloss sie kurzerhand.

In dem Moment fällt Sascha von seinem Stuhl und sitzt ab jetzt unter dem Tisch. Wortlos.

Das ruft natürlich mich auf den Plan. Wenn hier einer ein Taxi bestellt, dann wohl ich! „Taxi? Ichmachdas! **TAAAXIIIIIIHHHHH**!!!" „Niklas! Pscht! Hör aus hier so zu schreien!! Ja, ein Taxi! Aber ich sagte, **ICH** rufe uns ein Taxi, und das mit dem Telefon, nicht du lauthals aus der Kneipe!! Das wird ja eine lustige Heimfahrt geben bis zur Maria."

16 – Uah, wo bin ich?

Vierter Tag, Dienstagmorgen.

Mir brummt gewaltig der Schädel. Und ich höre einen Schwarm Bienen. Aber nicht draußen in dem Garten, Nein! **IN** meinem Kopf! Und irgendwie habe ich einen Geschmack im Mund, keine Ahnung, aber so ungefähr müssen alte Socken schmecken! Und warum ist es hier so unglaublich hell? Die Sonne! Es ist die Sonne! Sie blendet mich volle Kanne in den Augen! Sie scheint mir aber auch wirklich direkt zwischen den rot geblümten Vorhängen, mitten ins Gesicht. Ich jammere vor mich hin: „Oh, verdammt, mein Kopf! Uah, wo bin ich überhaupt? Und was ist überhaupt passiert?" Sarah ist auch im Zimmer. „Was glaubst du denn wo du bist?!? Du bist wieder in der Pension Maria! Du hast dich mit deinem neuen Kumpel Sascha in einem Straßencafé innerhalb von vier Stunden komplett volllaufen lassen. Das ist passiert. Erinnerst du dich daran? Und? Wie geht es dir jetzt?" „Oh mein Gott!! Frag nicht, ich glaube mich streift ein Bus! Himmel hilf!" „Jap, kann ich mir denken. Du hattest ordentlich gebechert." „Sarah, hilf mir! Mir ist total schlecht, ich bleibe liegen, ja? Ich stehe einfach überhaupt nicht auf!" „Das kannst du vergessen Niklas! Wir müssen weiterfahren! Du kannst dich hinten reinlegen und **ICH** fahre heute. Sonst kommen wir ja nie an!" Ich verstehe kein Wort. Von was redet Sarah da? Mit was sollen wir denn weiterfahren? Hat sie vergessen, dass unser Taxi gestern gestohlen wurde?

„Sarah, ich verstehe kein Wort von dem was du redest. Um was geht es denn? Und bitte langsamer! Und leiser! Mein Kopf dröhnt wirklich!" Ich halte mir die Hände vor die Augen. Was ist hier nur los? Warum ist hier alles so hektisch? Und warum redet Sarah von weiterfahren? Ich verstehe überhaupt gar nichts. „Niklas! Du hast gestern ja nichts mehr auf die Reihe bekommen, also höre mir jetzt mal gut zu! Nur damit du weißt, was noch alles passiert ist, nachdem Maria und ich dich hier hoch in das Bett getragen haben!" „Ihr habt mich Heim gebracht und hier hoch getragen?!?" „Ja haben wir, und jetzt hör zu habe ich gesagt! Am Abend hat die Andrea noch auf deinem Handy angerufen. Stell dir vor! Dein Taxi wurde wieder gefunden! Nur fünf Ortschaften weiter von hier war es abgestellt! Das verrückte dabei, es wurde abgeschleppt und der Abschleppdienst hat bei der Polizei angerufen, weil ihm ein deutsches Taxi verdächtig vorkam. Es stand in einer Feuergasse in einem Hinterhof abgestellt und ein Anwohner hat es angezeigt. Weil dort absolutes Halteverbot herrscht, wurde es sofort abgeschleppt. Wie geil ist das denn?!? Stelle dir das doch mal bitte vor! Die Diebe hatten es im Parkverbot abgestellt, und der Abschlepper hat es den Dieben wieder geklaut! Andrea hat dich auf deinem Handy angerufen, aber du hast dein Handy natürlich nicht mehr gehört. Jedenfalls bin ich an dein Telefon rangegangen, und sie hat mich hier bei Maria mit dem Streifenwagen abgeholt. Ich habe aus deiner Jacke deinen Autoschlüssel mitgenommen und dann sind wir zusammen zu dieser Abschleppfirma gefahren. Ich habe dein Taxi hierher zur Maria gebracht und Maria bot mir an, es in ihrer Garage zu parken. Nur zur Vorsicht. Nicht dass es noch einmal wegkommt. Es steht jetzt also in der Garage hinter dem Haus. Ich habe mich mit der Andrea aber dann so gut verstanden, dass wir noch ein bisschen in die Stadt gegangen sind. Erst hat sie mir hier in der Gegend noch ein paar Dinge gezeigt, und anschließend sind wir noch etwas trinken gegangen. Wir hatten uns viel zu erzählen und heute Nacht hat sie mich wieder hierher zurückgefahren. Es war einfach schön. Eben ein richtig toller Abend. Aber du, du hast von alldem nichts mitbekommen, denn du lagst da wie im Koma! Also einen tiefen Schlaf hast du schon, das muss ich dir lassen. Bis wir dich nur im Bett hatten!"

Ich richte mich quälend auf. In meinem Kopf dreht sich alles im Kreis. „Mein, mein Taxi ist wieder da? Hier in der Garage? Du hast es geholt? Jetzt bin ich aber doch ein bisschen sprachlos! Ist es in Ordnung? Ich meine, brauchen wir erst einmal eine Werkstatt?" „Nein, brauchen wir nicht. Es ist in Ordnung. Im Gegenteil. Es ist nichts von einem Diebstahl zu erkennen. Andrea glaubte im ersten Moment sogar, wir hätten den Tätern die Autoschlüssel gegeben! Weil am Auto nicht geringsten Aufbruchsspuren zu sehen sind. Aber ich konnte ihr versichern, dass wir mit dem Autoklau nichts zu tun haben. Schließlich wollen wir ja nur weiter!" „Kann ich es sehen? Ich meine mein Taxi. Kann ich es ansehen?" „Natürlich, du solltest dir nur vorher etwas anziehen." Ich hebe die Decke etwas hoch und sehe nach, was ich noch anhabe. Außer meinem T-Shirt und meiner Boxershorts habe ich nichts mehr an. Und wenn ich mir das so recht überlege, dann möchte ich auch überhaupt nicht wissen, wie es dazu kam. Ich richte mich auf und am liebsten hätte ich mich sofort wieder hingelegt! Man ist mir schlecht! Mich dreht es in alle Richtungen! Was ist denn nur geschehen?!? „Ich muss kurz in das Badezimmer, nur kurz!" Ich gehe so schnell ich kann und es reicht gerade noch so bis zur Toilettenschüssel. Mein Magen rebelliert volle Kanone und will nichts bei sich behalten. Als ich mit meinem Kopf in der Toilettenschüssel hänge und anfange zu würgen, höre ich nur noch: „Den Rest kannst du auch ohne mich. Ich warte unten bei Maria auf dich!" Mir dreht sich alles, was zum Henker habe ich gestern bei Sascha getrunken? So einen schlimmen Kater hatte ich in meinem ganzen Leben noch nicht!

Es dauert eine ziemliche Zeit, bis ich wieder gehen kann, ohne dass es mich gleich dreht. Nachdem ich mich aber wieder gefangen hatte, konnte ich mich zumindest etwas frisch machen und mich anziehen. Das ging jedenfalls ohne, dass ich gleich wieder in die Keramik schreien musste. „Also gut, Sarah, ich komme", sage ich zu mir.

Die Treppen bis nach unten sind ganz schön steil. So steil hatte ich sie nicht in Erinnerung. Ich stütze mich am Handlauf und gegenüber an der Wand ab. So richtig trittfest bin ich noch nicht. Aber das wird schon werden. Lass mich nur erst mal einen Kaffee trinken!

Maria und Sarah sitzen zusammen im Wohnzimmer und trinken Kaffee. Ich komme zwar frisch geduscht zu den beiden, aber irgendwie fühle ich mich schmutzig. Jedenfalls sehr unwohl als ich mich zu ihnen an den Tisch setze. „Ise gut fur die Kopf!" Maria stellt mir ein Glas mit einer trüben Flüssigkeit auf den Tisch. So ungefähr sieht es doch aus, wenn aus einem alten Tümpel ein Glas voll Wasser entnimmst! Das sieht auch so trüb aus. Finde ich jedenfalls. „Das soll gut für den Kopf sein? Wirklich?" „Si, iste eine alte Rezept von die Mama von meine Mama." „Von Ihrer Oma?" „Si, iste gut, trink!" Es kostet mich Überwindung, ich sehe schon förmlich die Kaulquappen vor mir schwimmen! Und das soll helfen? Na gut, schlecht ist mir ja eh schon. Und zum Spucken werde ich nicht mehr müssen, schließlich ist mein Magen leer. „In Ordnung, danke." Ich hole noch einmal tief Luft und trinke es in einem Zug leer. „Fantastico! Ma bene, un jetzt Frühstück!" Maria steht auf und geht in die Küche. „Du siehst nicht gerade gut aus, wie geht es dir?" „Mir ging es schon besser. Aber ich kann jetzt noch nichts essen, das schaffe ich noch nicht." „Das kannst du Maria nicht antun, sie macht nur für uns beide Frühstück! Versuche es wenigstens!" In meinem Magen fängt es schon an zu rumoren, wenn ich mir das Frühstück nur vorstelle! Wie soll das denn werden, wenn es vor mir steht?!? „Und dem Taxi ist wirklich nichts passiert? Keine Beschädigungen?" „Nein, zumindest nichts was mir sofort aufgefallen ist." „Alora, iste nur eine kleine Frühstück heute, wenn noch Hunger, dann mich sagen bitte, si?" „Ja, danke für alles!" Die Kaulquappensuppe scheint nicht so übel gewesen zu sein. Mein Magen hat sich schon wieder etwas beruhigt. Zumindest haben die komischen Geräusche aufgehört. Und wenn ich so auf das Frühstück sehe, ich glaube, ich versuche das mit dem Essen doch noch. Zumindest ein wenig.

„Na siehst du, geht doch. Langsam bekommst du auch wieder ein wenig Farbe in dein Gesicht. Aber das mit dem Fahren, das werde ich heute übernehmen. Zumindest die ersten Kilometer. Du hast nicht nur eine mords Fahne, du hast bestimmt auch noch genügend Restalkohol."

Das mit dem Frühstücken hat tatsächlich funktioniert. Das hätte ich nicht gedacht. Es sah zwar echt fürchterlich aus was da im Glas schwamm, aber es hat seine Wirkung nicht verfehlt. Das muss ich Maria lassen, das Kater-Rezept ist gut. „Meinetwegen. Ich bin eh noch nicht scharf darauf. Dann bin ich heute eben der Lotze. Ich möchte mir das Taxi jetzt nur mal ansehen. Und zwar noch bevor der Peter wieder anruft!" „Ich komme mit. Ich zeige dir wo es drin steht. Es sind einige Garagen nebeneinander hinter dem Haus."

Sarah fährt mein Taxi aus der Garage und ich begutachte es dabei neugierig. Aber ich kann nichts entdecken! Es hat keinen einzigen Kratzer! Auch die Türschlösser und der Innenraum sind wie unberührt! Was haben die nur vorgehabt? „Siehst du? Es hat wirklich nichts abbekommen. Wenn der Peter anruft, dann kannst im sagen, dass alles in Ordnung ist und wir auf dem Weg sind! Das ist doch klasse, oder?" „Ja, das beruhigt mich jetzt. Ich hatte echt Panik davor, ihm sagen zu müssen, dass sein Daimler Geschichte ist! Mir wurde ja schon schlecht als ich nur daran dachte! Jetzt geht es mir nochmals besser!"

Es dauert nicht lange und wir stehen mit unseren gepackten Sachen bei Maria im Wohnzimmer um uns zu verabschieden. „Vielen Dank für alles Maria, uns hat es wirklich sehr gut bei Ihnen gefallen. Ihr Essen ist ein Gedicht! Wirklich fantastico!" „Ja, Niklas hat recht, es war wirklich schön bei ihnen! Wenn wir auf dem Rückweg noch mal eine Übernachtung brauchen, dann kommen wir wieder zu Ihnen, ja?" Maria lächelte uns an. „Grazie, mille grazie! Wenn sie komme zu mir, ich koche wieder!" Sie strahlte über ihr ganzes Gesicht und mit ihren roten Backen um die Wette. Maria drückt mich noch einmal so, dass mir fast die Luft wegbleibt und auch Sarah macht große Augen als sich Maria bei ihr verabschiedet. „Gute Reise ihr beide! Ciao." Sarah und ich schwingen uns in unser Taxi und machen und auf den Weg. Ich studiere die Straßenkarten und Sarah fährt auffällig souverän und routiniert die schmalen Bergstraßen entlang.

17 – Montepulciano! Wir kommen!

Fünfter Tag. Mittwoch.

Sarah fährt das Taxi, als ob sie es schon immer fuhr. Ich finde keinen Grund, selber wieder an das Steuer zu sitzen. Aber das geht natürlich nicht. Wenn etwas passieren sollte, dann sollte schon ich am Lenkrad sitzen. Denn ich habe keine Ahnung wie das Versicherungstechnisch aussieht, wenn jemand ein Taxi fährt, der hätte nicht fahren dürfen. Inzwischen ist es schon Nachmittag. „Bis nach Multidings ist es nicht mehr sehr weit, sollen wir vorher noch etwas Essen gehen? Ich bekomme langsam Hunger." „Gerne, ich könnte auch etwas vertragen. Oh, sieh mal, eine kleine Wirtschaft! Die nehmen wir! Sieh doch, die hat sogar einen Wintergarten!" Sarah fährt mit Schwung in den Parkplatz und auch gleich in eine Parklücke. Das Taxi steht noch nicht richtig, da hat sie schon die Handbremse angezogen und ist zu ihrer Türe hinaus geflitzt! In der Zeit konnte ich nicht mal den Gurt ablegen! Zack, ihre Türe ist zu und sie hinten am Kofferraum. Ich steige aus. Mit einem kleinen Seitenblick prüfe ich, ob Sarah richtig in der Parklücke steht. Denn wenn ich etwas nicht leiden kann, dann sind es schlecht geparkte Autos. Aber sie hat den Daimler in die Parklücke gesetzt wie ausgemessen! Donnerwetter. Also fahren kann sie wirklich, da gibt es nichts zu meckern. „Kommst du? Ich habe Hunger!" Sarah legt wieder ein Tempo vor. „Ja, ich komme doch. Renn doch nicht so, wirst schon nicht verhungern." „Das nicht, aber heute ist Mittwoch und wir haben ihn noch nicht einmal gefunden. Wenn wir in dieser Geschwindigkeit weiterkommen, dann werden wir zwei Wochen brauchen für diesen Ausflug!" Da hat sie allerdings recht. Wir sind noch nicht einmal in Motordings, und dabei sind wir schon den fünften Tag unterwegs. Wie die Zeit vergeht.

„Weißt du schon was du essen möchtest? Ich kann mich nicht entscheiden." Sarah blättert die Speisekarte bereits ein drittes Mal durch. „Ich nehme den Klassiker: Spaghetti." „Hm, auch nicht schlecht. Weißt du was? Das nehme ich auch." Das was mir schmeckt, schmeckt Sarah meistens auch. Da sind wir uns ähnlich. „Wie geht es eigentlich deinem Kopf und deinem Magen? Alles wieder in Ordnung?" „Ja, mir geht es wieder bestens. Danke. Diese seltsame Mischung in dem Glas von Maria heute Morgen, die hat wirklich sehr gut gewirkt. Und im ersten Moment habe ich mich davor geekelt. Das sah ja aus! Wie aus einem Tümpel!" „Ha ha, genau! Das gleiche dachte ich auch! Ich hätte es nicht hinunterbekommen! Ich meinte schon Kaulquappen darin schwimmen gesehen zu haben!" „Ja! Ich dachte das Gleiche! Auch an Kaulquappen!"

Das Essen in dieser Wirtschaft war in Ordnung, nur die Preise gesalzen! Aber das mit dem bezahlen lässt sich Sarah nicht nehmen und übernimmt das. Wenn ich ihr sage, dass ich bezahlen möchte, sieht sie mich scharf an und meint nur, dass der Ausflug **IHR** Ausflug wäre. Am Geld scheint es wirklich nicht zu fehlen. Wir amüsierten uns noch über den

Glasinhalt bei Maria und sahen zu, wieder weiter zu kommen.

„Ich denke in einer Stunde dürften wir ankommen, länger brauchen wir nicht mehr" und schließe das Taxi auf. Sarah lässt sich in den Beifahrersitz fallen. „Montepulciano! Wir kommen!" „Ja, jetzt kommen wir wirklich! Hat auch lange genug gedauert."

Die Straßen winden sich durch die Berge auf den letzten Kilometern vor dem Ziel. Sarah sieht verträumt in die Landschaft. „Schön hier." „Ja, das dachte ich mir auch schon. Mir gefällt es auch. Man sollte eigentlich mal Urlaub in einer solchen Region machen. Und nicht immer nur an das Meer oder so fahren." „Fährst du immer an das Meer im Urlaub?" „Ja, entweder ich bleibe mit meinem Hintern zu Hause, oder ich fahre an das Meer. Ich mag es warm. Und ich liebe das Meer. Wie sieht dein Urlaub aus, wenn du Urlaub machst?" Sarah sieht mich mit leuchtenden Augen an. „Ja, das Meer liebe ich auch. Aber mit meinen Eltern bin ich früher immer in die Berge gefahren. Ich wollte lieber an das Meer. Aber auf mich hörte damals niemand. Meine Freundinnen sind fast alle an das Meer zum Schwimmen und baden und wir sind zum Wandern in die Berge." „Heute als Taxifahrer komme ich kaum noch in Urlaub. In den Jobs vorher, da konnte ich noch regelmäßig in den Urlaub fahren. Aber als Kind war eine Urlaubsreise undenkbar. Ich war in den Ferien viel beim Schwimmen im Fluss oder am See." „STOPP!! Halte sofort an!" Sarah schreit mich panisch an und zeigt zum Fenster hinaus. Vor Schreck bremse ich sofort und halte. „Musst du mich so erschrecken?!? Was ist denn über …?" Rums. Ihre Autotür knallt zu. Sarah rennt über die Straße in einen Wanderparkplatz. Was zum Teufel …? Ich setzte ein kurzes Stück zurück und fahre ebenfalls in den Parkplatz und stelle mein Taxi an der Seite ab. Jetzt sehe ich auch, was Sarah meinte. Auf dem Parkplatz muss das Foto gemacht worden sein das Sarah von Tim hat! „Niklas! Hier! Hier wurde das Foto von Tim und seinen Entführern gemacht! Sieh doch! Das ist das Straßenschild, und hier drüben der Busch den man auf dem Bild auch noch erkennen kann! Wir sind richtig!" „Ja, sieht tatsächlich so aus." „Los! Wir fahren weiter!" Sarah rennt fast schon wieder zu meinem Taxi und steigt wieder ein. Jetzt hat es aber jemand eilig. „Los Niklas, komm schon, gib Gas!" „Ja, ich komme ja, keine Panik." Wir fahren weiter und schon nach wenigen Minuten kommen wir in der kleinen Stadt an. „Aber wie sollen wir hier denn Tim finden? Wenn er wirklich entführt wurde, dann wird er kaum wo festgehalten werden, wo ihn jeder sehen kann! Hast du dafür schon eine Lösung?" „Nein, lass uns in die Innenstadt fahren, wir werden das Foto den Menschen hier zeigen und uns durchfragen. Irgendjemand wird ihn doch wiedererkennen! Er kann sich ja schließlich nicht in Luft auflösen!" Ich fahre also in die Innenstadt und finde auch gleich einen Parkplatz. Sarah steigt sofort in voller Euphorie aus und heftet sich an jeden Fußgänger auf der Straße. Jedem hält sie sofort das Foto vor die Nase und zeigt mit dem Finger auf Tim. Aber jeder schüttelt nur mit dem Kopf. Niemand scheint Tim je gesehen zu haben. Sarah versucht es auch in Straßencafés und Restaurants, aber auch hier schütteln die Menschen nur mit dem Kopf. Keiner kennt unseren Tim. Am Denkmal sitzen einige ältere Menschen und füttern die Vögel, Sarah fragt jeden Einzelnen. Aber auch hier nichts Neues.

Inzwischen ist es dunkel geworden. „Sarah, es ist schon spät, lass uns ein Zimmer suchen. Das hat heute doch keinen Sinn mehr. Vielleicht haben wir morgen früh mehr Glück. Wir können ja mal im Hotel an der Rezeption nachfragen, vielleicht gibt es hier auch einen Markt, einen Wochenmarkt, so wie bei uns jeden Mittwoch. Da ist auf dem Marktplatz der Wochenmarkt. Dort kennt doch jeder jeden, und da sind dann auch viele auf einmal die wir fragen können. Was hältst du davon?" „Ich glaube du hast recht. Ich kann auch nicht mehr. Ich brauche eine Dusche. Und Essen. Und ein Bett. Ich habe genug für heute. Niklas, wir suchen ein Zimmer. Jetzt. Komm. Wir gehen zum Auto zurück." Sarah wirkt ziemlich platt. Sie lässt ihre Arme hängen und geht zurück zum Taxi. „Moment, ich frage hier in dem Kiosk nach einem Hotel oder so. Sitz du doch schon mal in das Auto."

„Und? Hat die Frau dir etwas empfehlen können?" „Ja, nur die Straße hier weiterfahren und es würde ein kleines Hotel auf der rechten Seite geben."

„Sieh mal Niklas, das ist ja ein schnuckeliges Hotel! Ist es das?" „Keine Ahnung, aber ich sehe kein weiteres. Dann wird es das wohl sein." Im Hinterhof gibt es freie Parkplätze. Sarah und ich nehmen unser Gepäck und betreten das kleine Hotel. So niedlich es auch ist, es macht einen sehr teuren Eindruck. Alle Angestellten sind sehr freundlich, lächeln und möchten uns helfen. Der große Herr an der Rezeption, mit schwarzem Anzug, weißem Hemd und einer roten Fliege, bietet uns ein Zimmer auf der Rückseite an. Dort sei es nicht so laut. Jetzt fällt es mir erst auf, die tragen hier ja alle einen schwarzen Anzug mit weißem Hemd und der roten Fliege! Auch die Frauen! Im ersten Moment sieht es lustig aus, aber wenn ich es genauer betrachte, es sieht auch richtig gut aus!

Das Zimmer im zweiten Stock ist sehr schön. Es ist groß, mit wenigen Möbeln aber dafür geschmackvoll eingerichtet. Außerdem macht es ebenfalls einen sehr teuren Eindruck. „Niklas, ich möchte heute nichts mehr essen, aber wenn du noch Hunger hast, kannst du gerne noch nach unten gehen und etwas essen. Nur ich möchte heute nichts mehr wissen. Ich gehe nur noch in die Dusche und danach gleich ins Bett. Ich bin echt erledigt, ja?" „Da mache ich mit, ich habe ebenfalls genug für heute. Und Hunger habe ich auch nicht." Sarah ist zufrieden. Schnappt sich ihre Sachen und verschwindet im Badezimmer. Auch ich mache mich so weit Bettfertig möchte vorher aber auch noch in die Dusche.

Duschen ist einfach herrlich. Könnte ich ewig machen.

Aber jetzt bin ich froh wenn ich in mein Bett liegen kann. Sarah hat sich auch schon in ihre Decke eingekuschelt als ich mich zu ihr lege. Seit der ersten Nacht, als sie mich gebeten hat mich doch zu ihr zu legen um sie zu wärmen, sind wir immer zusammen im großen Doppelbett gelegen. So, als ob das einfach so gehört. „Niklas?" „Ja?" „Was, was wenn wir Tim nicht finden? Was ist, wenn wir nach ein paar Tagen ohne Tim wieder zurückfahren?" „Jetzt warte es doch erst mal ab. Wir sind doch heute Nachmittag erst hier angekommen. Irgendjemand wird ihn auf dem Foto schon erkennen," versuche ich sie zu beruhigen. Einigen Minuten ist es still.

„Niklas?" „Ja?" „Kannst du mich bitte in den Arm nehmen?" „Natürlich, komm rüber zu mir." Ich rutsche etwas zur Seite halte ihr meine Decke hoch. Sie kuschelt sich an mich, umklammert mich fest und legt dabei ihren Kopf auf meine Brust. Ich genieße wieder die wenige Zärtlichkeit, die ich dadurch erhalte. Wenn man es Zärtlichkeit überhaupt nennen kann. Als Junggeselle saugt man so etwas regelrecht auf! Aber es dauert nicht lange, und sie schläft tief und fest. Ich kann mich aber auch nicht sehr viel länger wach halten, und schon fallen mir die Augen zu.

18 – Die Suche

Sechster Tag, Donnerstagmorgen.

Die Sonne weckt mich. Sarah liegt immer noch bei mir im Arm und atmet langsam und gleichmäßig. Sie riecht wunderbar. Ich atme ihren Duft tief ein. Ich könnte ewig an ihr schnuppern. „Sag mal! Niklas! Riechst du an mir?" „Ja, du riechst herrlich!" „Du spinnst ja! Ich bin ja noch nicht mal gewaschen!" „Jetzt riecht an dir alles nach Sarah, nach dem Duschen, riechst du nur noch nach irgendeinem Duschgel." „Eben, und das mache ich jetzt auch." Sarah schleudert die Decke weg und geht in das Badezimmer. Kurz bevor sie im Türrahmen verwindet, sagt sie noch: „Ach ja, fast hätte ich es jetzt vergessen: Guten Morgen, Schatz!" Dabei dreht sie sich nochmal um, schaut hinter dem Türrahmen hervor und lacht mich an. Sie küsst ihre Handfläche und pustet mir den Kuss zu. Danach verschwindet sie im Bad, die Türe schließt und kurz darauf höre ich das Wasser in der Dusche fließen. Hach, wenn der ganze Zirkus mit Italien und Tim hier vorbei ist, werde ich sie zu einem Abendessen einladen! In das schönste Restaurant in der Stadt! Genau! Das werde ich machen!

Die Badezimmertüre klickt und geht einen Spalt auf. „Nik? Niklas?!?" Ich muss wohl noch mal eingenickt sein. Hat sie mich gerufen? „Niklas!!!" „Ja? Hier! Was denn?" Ich stehe hektisch aus dem Bett auf. „Kannst du mir meine Tasche geben, sie steht unter dem Fester." Sie hat ihre Tasche vergessen!?!

Sie hat sie vergessen!! Was für ein Zufall!! Ein Grinsen huscht mir über mein Gesicht! Ich stelle mich erst einmal doof: „Warum?" „Na weil ich sie brauche!" „Warum brauchst du jetzt deine Tasche?" „Niklas, bitte! Ich weiß was du denkst, und jetzt weißt du auch, dass ich es weiß, aber ich werde dir den Gefallen nicht machen! Also bringe mir jetzt bitte meine Tasche mit meinen frischen Klamotten!" Verdammt, das wäre die Gelegenheit für die Revanche, aber ich will sie nicht ärgern und bringe ihr ihre Tasche. Auch wenn die Vorstellung mich leicht reizt.

Sarah kommt fertig angezogen aus dem Bad. „Niklas, wir machen das wie in den letzten Tagen auch? Ich sehe nach dem Frühstück und du siehst zu, dass du hier in der Zwischenzeit fertig wirst, ja?" „Jawohl, Señora, soll ich dann auch wieder nackt hinter der Türe warten?" Jetzt muss sie auch lachen. „Gerne, wenn du das möchtest …" Und zack, verschwindet sie aus dem Zimmer und die Zimmertüre fällt zu.

Das Badezimmer ist ein Traum! Unglaublich fein und edel und außerdem riesengroß! Kein Vergleich mit dem Bad bei Maria. Da konnte ich gerade mal alleine rein und mit umdrehen wurde es schon schwierig. Aber das hier, fast schon verschwenderisch!

Ich schlüpfe noch kurz in meine Klamotten und mache mich auf den Weg zu Sarah, vielleicht sitzt sie ja schon wieder vor dem Frühstücksbuffet. Zurückgekommen ist sie jedenfalls inzwischen nicht. Der Frühstücksraum ist unglaublich schön angelegt, in einem sehr feinen Wintergarten! Sehr viele große Pflanzen mit riesigen grünen Blättern stehen zwischen den Tischen. Es ist wie eine kleine grüne Oase und ein wenig erinnert es an einen Tiergarten oder Blumenladen. Fast könnte man meinen, zwischen den Pflanzen die Papageien fliegen zu sehen. Der Steinboden und die Stühle und Tische erinnern an einen Biergarten. Sarah sitzt an einem Tisch am Fenster und tippt auf ihrem Handy herum. Sie ist vertieft und bemerkt mich erst, als ich einen Stuhl zurückziehe um mich auch zu setzen. Man fühlt sich tatsächlich als ob man draußen sitzt. „Hey, ich schreibe gerade meinem Vater." „Alles in Ordnung?" „Ja, alles so weit in Ordnung. Wann ich denke wieder zu arbeiten, möchte er wissen, und wenn ich schon so eine bescheuerte Idee habe, den Tim zu holen, dann solle ich ihn doch auch gleich zur Vernunft bringen, und ihn klarmachen, bei ihm in der zu Firma zu arbeiten. Das sei sinnvoller als den Tag mit Faulenzen zu verbringen. Außerdem sei viel Arbeit da und er könnte sich nützlich machen. Das soll ich ihm bestellen, wenn ich ihn finden sollte." Aha, ich verstehe woher der Wind kommt. „Dein Vater hat die Firma aufgebaut?" „Ja, mein Opa hat damit angefangen, aber als mein Vater sie übernahm war es ein kleiner Betrieb mit drei Mitarbeitern. Heute sind es glaube ich über 200 Mitarbeiter und schon wieder geht der Platz aus." „Hast du schon eine Idee wie wir deinen Bruder heute finden werden?" „Nein, einen richtigen Plan habe ich nicht. Leider. Aber ich denke, wenn wir es in den Geschäften versuchen, ich meine, irgendwann muss er doch auch etwas einkaufen. Verstehst du, einer muss ihn doch gesehen haben. Er kann sich schließlich nicht von Luft und Liebe ernähren, oder?" „Nein, das kann er sicherlich nicht. Ja, das machen wir. Irgendjemand wird schon etwas wissen. So groß ist dieses Monteccino auch nicht." „Montepulciano," wiederholt Sarah. „Ja, meine ich doch." „Der Name von dieses Ortes geht dir nicht in deinen Kopf, was?" „Doch doch, ich kann ihn mir nur nicht merken." Sarah sieht mich an wie ein kleines Kind, das vor einem Weihnachtsmann steht. „Einen kleinen Knall hast du ja schon." Sie lächelt, schüttelt ihren Kopf, steht auf und holt sich am Buffet noch etwas zu essen. Ich habe auch noch etwas Hunger und folge ihr. Ich habe noch einen süßen Zahn und nehme mir etwas von der Marmelade und ein Croissant dazu. Sarah geht es offenbar genauso, denn als wir wieder an unserem Tisch sitzen, hat sie exakt das Gleiche auf ihren Teller aufgeladen wie ich. „Hast du dir inzwischen überlegt was du machen möchtest für den Fall, dass wir ihn nicht finden?" „Nein, und darüber möchte ich mir auch noch keine Gedanken machen. Ich möchte ihn lieber zurückholen. Er muss ja nicht gleich in der Firma arbeiten. Aber so in den Tag hineinleben, geht ja auch nicht auf Dauer. Vor allem hat er schon seit Monaten mein Auto! Das hätte ich schon gerne wieder zurück. Irgendwann." „Wir finden ihn, und wenn wir in diesem Nest hier an jeder Haustüre klingeln müssen, ja?" Sarah seufzt, lässt sich seitlich fallen und lehnt ihren Kopf an meine Schulter. „Danke, Niklas, vielen Dank für alles. Alleine würde ich das nicht schaffen!" „Gerne! Wirklich!"

Die Suche nach Tim den Tag über raubt Kraft und zerrt an unserer Geduld. Es scheint, dass ihn tatsächlich niemand je gesehen hat. Sarah und ich haben inzwischen sicherlich Hunderte von Menschen das Foto gezeigt, und gefragt, ob sie diesen jungen Burschen gesehen haben. Aber alle schütteln nur mit dem Kopf. Niemand kennt ihn oder kann uns sagen wo er sein könnte. Als ob er nie in diesem Dorf war. Wir sind inzwischen nicht nur in den Fußgängerzonen auf und abgelaufen, auch die Lebensmittelläden in der Umgebung hatten wir abgeklappert. Aber auch hier kam nichts dabei heraus. „Wir wissen nicht ob er wirklich entführt wurde, oder ob er einfach nicht mehr wollte. Ich meine, nicht mehr in diesem Alltag weitermachen wollte. Vielleicht ist er einfach so gegangen. Ohne irgendeinen Grund. Vielleicht sind die anderen Personen auf dem Foto auch Zufall. Das kann alles sein, wir wissen schließlich nichts, wir haben nur Vermutungen. Gehen wir doch mal davon aus, dass er freiwillig gegangen ist, also ohne Entführer. Tim ist doch mit deinem Auto unterwegs, und am Ortseingang gibt es eine Tankstelle. Irgendwann muss er ja zum Tanken, wir sollten dort fragen. Denn da muss er schließlich früher oder später auftauchen!" „Du hast recht, bis jetzt wissen wir wirklich überhaupt nichts. Los, lass uns zu dieser Tankstelle fahren! Einen Versuch ist jedenfalls wert!"

Aber auch hier das gleiche Bild. Nichts. Nie gesehen. „Das kann doch nicht mehr wahr sein! Wo treibt sich der denn bloß rum? Wir sind nun schon den lieben langen Tag auf der Suche nach ihm und mir schmerzen meine Füße schon von diesem umherlaufen! Ich kann nicht mehr und ich will auch nicht mehr!! Dieser Idiot!" Sarah ist am Ende, aber meine Fußsohlen kribbeln inzwischen auch schon. Dass wir so viel laufen werden, das dachte ich anfangs auch nicht. Dann hätte ich meine Wanderschuhe mitgenommen. Sarah lehnt mit ihrem Rücken an der Wand neben der Türe an der Tanke. „Komm Sarah, wir fahren in das Hotel zurück und machen einen Plan für Morgen. Das hat heute keinen Sinn mehr und für Morgen werden wir uns etwas überlegen, ja?" „Der Vollidiot!! Verpisst sich und schaltet sein Handy aus! Und das mit meinem Auto! Wenn ich den in die Finger bekomme, fängt er erst mal eine zur Begrüßung!" „Jetzt komm schon, du weißt doch noch nicht was wirklich los ist!" Ich nehme sie in den Arm, sie klammert sich an mich und stößt einen langen Seufzer aus. „Komm, setz dich ins Auto, wir fahren zurück in unser Hotel."

Ich parke in dem Innenhof. Seit der Tanke redete von uns beiden keiner ein Wort.

„Unseren Zimmerschlüssel, bitte." „Niklas, lass uns vorher noch eine Kleinigkeit essen. Ich glaube, wenn ich jetzt hoch in unser Zimmer gehe, dann kann ich mich nicht noch einmal aufraffen, um hier runter zu kommen. Wenn ich mich jetzt hinlege, dann bleibe ich liegen." „Ja, in Ordnung. Gehen wir rüber in den Wintergarten. Da steht eine Tafel mit dem Tagesgericht an der Eingangstüre."

Wir sitzen wieder am demselben Tisch wie heute früh. Nur ist es jetzt etwas anders dekoriert für das Dinner. Wir studieren die Speisekarte und ein Kellner erkundigt sich nach unseren Getränkewünschen. Sarah und ich bestellen. Der Kellner verschwindet wieder mit seinen Notizen. „Sarah! Hast du gesehen wie der Kellner das Foto angesehen hat?!?" „Bitte? Was? Welches Foto?" „Sarah! Das Foto von Tim! Welches denn sonst? Es liegt doch hier auf dem Tisch!?!" „Echt, hat er es angesehen?" „Ja! Er starrte fast die ganze Zeit darauf! Bis wir bestellt hatten!" „Dann fragen wir ihn halt auch noch. Auf einen mehr oder weniger kommt es heute auch nicht mehr an." Sarah kann wohl echt nicht mehr, so lustlos habe ich sie bis jetzt noch nicht erlebt. „So, ihre Getränke bitte." Der Kellner stellt unsere Bestellung auf den Tisch und schon wieder heftet sich sein Blick auf das Foto von Tim. Ich habe das Foto direkt vor seine Nase gelegt, sodass er es nicht übersehen kann. „Entschuldigung, wir suchen Sarahs Bruder, das ist der blonde Junge hier auf diesem Foto. Haben sie ihn gesehen?" „No, scusi, Bruder nicht gesehen, aber vielleicht weiß Señora Romano." „Wer?" Sarah ist jetzt auch wieder bei der Sache! „Señora Romano, diese Frau auf die Foto." „Sie kennen diese Frau?!?" Oh oh, Sarah setzt sich aufrecht und beugt sich etwas nach vorn. „Si, iste die Chefin. Gehört diese Hotel. Bitte Entschuldigung sie mich, musse noch arbeiten." Sarah hat ihre Augenbrauen hoch gezogen und starrt mich mit offenem Mund an. „Sarah! Frau Romano! Wir haben eine Spur!" Sarah zuckt nicht mal mehr. „Sarah! Hörst du mich? Wir haben heute immer nach

Tim gefragt! Anstatt dass wir nach allen Personen auf dem Foto gefragt hätten! Wir sind doch … Man man man, wir fragen vorne an der Rezeption nach dieser Frau statt nach Tim, vielleicht kommen wir so weiter. Sarah? Alles in Ordnung?" „Der, der, er hat mal etwas erwähnt mit einer Italienerin und einem Hotel! Mir fällt es gerade ein! Ich hatte in diesem Augenblick aber keine Zeit und hielt es für eine seiner üblichen Geschichten! Ich habe ihn weggeschickt, er solle mich arbeiten lassen und mit seinen Märchen aufhören! Ich bin so blöd!" „Sarah! Du wusstest doch nicht um was es ging, was er dir überhaupt erzählen wollte. Du brauchst dir sicherlich keine Vorwürfe machen! Das bestimmt nicht! Und wir werden ihn finden! Da bin ich mir jetzt sicher! Nach dem Essen werden wir nach dieser Romano fragen! Wir finden ihn!"

„Guten Abend, wir suchen Frau Romano, können wir sie sprechen?" „Um diese Uhrzeit ist Señora Romano nikt in die Haus. Un sie kommte morgen auch nikt. Sie at eine andere Termin. Aber ik kann sie verständigen. Um was geht es, bitte?" „Sie ist mit meinem kleinen Bruder Tim unterwegs! Und ich möchte nicht mit ihr, sondern mit meinem Bruder sprechen! Sagen sie ihr das!" „Sarah! Beruhige dich! Er kann da auch nichts dafür!" „Hm, ja, Entschuldigung. Bitte, ich möchte nur mit meinem Bruder sprechen." „Ik versuke sie zu erreichen, uno momento prego." Er geht in das kleine Büro hinter der Rezeption und telefoniert. Nach wenigen Minuten kommt er zurück und notiert eine Adresse auf einem Block. „Ich abe sie nikt erreicht, aber sie solle morge 10 Uhr bei diese Adresse komme. Herr Adamo warte fur sie." Er reicht Sarah die Notiz. Eine Adresse und die Uhrzeit stehen darauf. „Komm, wir gehen hoch und sehen nach der Adresse. Wir müssen wissen wie lange wir von hier bis dorthin brauchen. Komm, alles wird gut." Ich nehme Sarah bei der Hand und ziehe sie leicht von der Rezeption weg zu den Fahrstühlen. Sarah kann nicht von dem Zettel wegsehen. „Wurde er überhaupt nicht entführt? Was zum Henker wird hier gespielt?" Sarah stehen ihre viele Fragen in ihr Gesicht geschrieben. „Das wird sich morgen alles klären, ich bin mir sicher. Komm jetzt, lass und hoch gehen, heute können wir eh nichts mehr erreichen."

Das Navi im Taxi ist hier in Italien nicht zu gebrauchen, solange auf ihm nur die Straßenkarten von Deutschland installiert sind. Aber zum Glück gibt es im Zeitalter von Smartphones und dem kostenlosen W-LAN in den Hotels noch weitere Möglichkeiten Adressen zu suchen und zu finden. Auch zu Navigieren. Mithilfe des Internets und den Straßenkarten finden wir die Adresse sehr schnell. „Sarah, sieh mal, das ist überhaupt nicht weit von hier, das Navi sagt es sind nur 15 Minuten von hier. Es liegt hier oben auf dem Berg über den wir bei der Herfahrt schon gekommen sind! Und es ist genau die Abfahrt, bei der auch das Straßenschild steht! An dem Wanderparkplatz! Das finden wir morgen spielend!" „Niklas? Ich glaube mir wird das alles zu viel, ich weiß überhaupt nicht mehr was ich denken soll. Was soll das alles nur? Warum macht er das?" Sie sitzt auf der Bettkante und hat ihren Kopf auf ihren Händen und ihre Ellenbogen auf ihren Knien abgestützt. „Ich weiß es nicht Sarah, aber wir werden es herausfinden. Und deinen Bruder werden wir auch finden. Versprochen!" Ich gehe zu ihr rüber. Vor ihr gehe ich in die Hocke und nehme ihre Hände in die meine. Sie sieht traurig aus. Ihr Blick fängt sich in meinem. Wir sehen uns minutenlang in die Augen. Keiner von uns kann seinen Blick abwenden, keiner verzieht eine Miene und keiner verliert ein Wort. Nur ein tiefer Blick. Langsam kommen unsere Köpfe näher. Näher und näher. Ich spüre ihren Atem. Ich kann sie wieder riechen, sie riecht so verdammt gut! Wir kommen uns noch näher. Sie schließt langsam die Augen und öffnet ihren Mund einen kleinen Spalt. Ich kann nicht anders und mache es ihr gleich. Ihr Atem ist warm, und dann passiert es! Ihre Lippen! So weich! So herrlich! Mir dreht sich alles! Ich vergesse augenblicklich alles um mich herum! Gott ist sie fantastisch! Soll dieser Augenblick nie enden! Wir öffnen unseren Mund noch etwas weiter und unsere Zungenspitzen berühren sich einen kurzen Augenblick! Ich bekomme ein Ziehen in meinen Lenden und meine Hose wird spürbar enger! Nein, das will ich eigentlich nicht! Ich möchte sie, aber ich möchte, dass sie mich möchte! Verdammt! Was mache ich jetzt, ich platze gleich! Ich bin mir nicht mehr Herr meiner Sinne! Sie ist, sie ist … Sarah weicht zurück. „Ich, Niklas, ich kann das nicht. Entschuldige. Es tut mir leid. Ich weiß nicht wo mir mein Kopf steht. Das wäre jetzt nicht gut. Zumindest nicht jetzt. Bitte verzeih mir. Das hat auch nichts mit dir zu tun, ehrlich. Ich muss erst wieder einen klaren Kopf bekommen, ja? Sei mir nicht böse." Sie löst sich von mir, steht auf und geht in das Badezimmer. Böse?

Wie kann ich ihr böse sein? Ich bleibe in der Hocke vor dem Bett sitzen und starre auf das Bettlaken. Meine Gedanken überschlagen sich, aber klarer werden sie dadurch auch nicht. Ihre Sätze hallen in meinem Kopf nach. Was sagte sie gerade eben? > *Das wäre jetzt nicht gut. Zumindest nicht jetzt.* < hat sie gesagt. ‚Nicht jetzt?!?' Später dann aber eventuell doch?!? Dann kann ich also doch noch Hoffnung haben?!? Ja!!!

Scheiße. Ich glaube, ich bin verliebt.

19 – Die Villa

Siebter Tag, Freitag.

Die Nacht war kurz. Zu, kurz! Eindeutig. Ich fühle mich völlig gerädert. Heute Nacht habe ich wirklich unglaublich schlecht geschlafen. So unruhig. Komisch. Sarah erwacht auch gerade und dreht sich in ihrem Halbschlaf zu mir herüber. Sie öffnet ihre Augen und sieht, dass ich sie ansehe. „Guten Morgen Niklas. Du bist ja schon wach." „Guten Morgen Sarah. Ja, ich bin schon länger wach. Ich konnte heute Nacht nicht besonders gut schlafen." Sarah gähnt. „Also ich habe gut geschlafen, wie ein Stein." Sie reckt und streckt sich dabei. Dabei stöhnt sie wie nach einem Treppenlauf und verstrubbelt dabei ihre Haare. Egal was sie anhat, egal was sie gerade trägt, und auch völlig egal wie sie gerade aussieht, ich bin von Tag zu Tag von dieser Frau immer noch ein Stück mehr gefangen. Als ob sie mich verhext! Diese hübsche, süße, niedliche, freundliche und absolut liebenswerte kleine Hexe! Ich könnte sie ewig beobachten. Was für eine Frau! Sie sieht wieder zu mir herüber. Legt sich auf die Seite, stützt ihren Kopf in ihren Ellenbogen und sieht mir in die Augen. Es liegt eine Spannung in der Luft. Ich spüre es. Und mein kleiner Freund auch. Meine Schlafhose fängt an, eng zu werden. „Bitte nicht" denke ich, lasse mir aber nichts anmerken. „Ich kann dir gar nicht oft genug *„Danke"* sagen. Ohne dich wäre ich nicht so weit gekommen. Du bist ein wirklicher Glücksfall für mich. Zum Glück bin ich in dein Taxi eingestiegen, und nicht bei einem der anderen Fahrer. Was würde ich nur ohne Dich machen? Oder machen solche Touren alle Fahrer?" Ich muss lachen. „Nein, dich hierher nach Italien zu fahren, ja, das hätten sicherlich noch einige der Anderen auch gemacht. Aber den Rundumservice, den du bei mir genießt, den hätten die anderen Fahrer sicherlich nicht gemacht." „Und ich sicherlich auch nicht, wenn du mich nicht so verzaubert hättest" denke ich mir, spreche es aber nicht aus. „Dann bist du ja ein doppelter Glücksgriff für mich. Du hast mich hierhergefahren, ich bekomme von dir einen, wie sagtest du gerade? Einen Rundumservice? Und du fährst mich wieder nach Hause. Ich bin sehr zufrieden mit der Auswahl meines Taxifahrer!" „*Meines* Taxifahrers?!? Das wird ja immer besser." „Ist doch nur Spaß, du weißt wie ich das meine." Sie lächelt mich an wie nur ein unschuldiger Engel lächeln kann! Sie küsst mich auf den Mund und verschwindet in das Badezimmer. Ich lasse mich zurück auf mein Kissen fallen. Das Leben kann so schön sein!

„Niklas! Bist du wieder eingeschlafen?!? Los! Aufstehen! Wir haben heute viel vor!" Ich bewege mich keinen Zentimeter, kneife meine Augen zu und stelle mich schlafend. „Hallo?!? Bist du tatsächlich wieder eingeschlafen?!? Das glaube ich jetzt nicht! Na warte." Sie läuft auf meine Bettseite herüber, packt mich an der Schulter und schüttelt mich: „Niklas! Wach auf du Schlafmütze! Komm schon!" Ich öffne nur ein Auge und sehe nach ihr. „Du bist ja doch wach! Los! Steh schon auf." „Ich habe eine viel bessere Idee!" Ich schnappe Sarah an ihrer Hüfte, nehme sie etwas hoch und werfe sie über mich auf die freie Bettseite. Sie quietscht dabei kurz auf. „Nein! Das ist überhaupt keine gute Idee!" Sie strampelt mit ihren Füßen und wehrt sich. „Erstens habe ich Hunger, zweitens haben wir heute noch viel vor und drittens: Du Affe!" Ich lasse sie aufstehen. Motzend schält sie sich aus dem Bett. „Du Esel, echt wahr. Komm, mach dich fertig, ich warte unten auf dich. Und bitte nicht wieder einschlafen, ja?" „Ja, ich mache ja schon." Sarah geht aus dem Zimmer und ich schaffe es jetzt endlich auch aus den Federn zu kommen. „Wo habe ich eigentlich mein Handy", schießt es mir durch den Kopf.

>3 Anrufe in Abwesenheit<
>9 ungelesene Nachrichten<

steht auf dem Display. Darunter ist auch Peter Häußler. Ups. Den gibt es ja auch noch. Das habe ich ja total vergessen. Klar, ich fahre ja schließlich hier in Italien mit seinem Taxi umher, da wird er wissen möchten, wann wir wieder zurück sind. Er hat versucht mich zweimal anzurufen und einmal hat er mir geschrieben. Ich lese zuerst was er mir geschrieben hat. Vielleicht brauche ich ihn dann nicht mehr zurückzurufen.

„Hallo Niklas.
Nachdem du mir mein Taxi entführt hast,
und ich somit nicht arbeiten kann,
beschloss meine Frau

mit mir eine Woche Urlaub zu machen.
Wir kommen erst am Sonntag wieder.
Ab Montag möchte ich aber mein Taxi
wieder vor meiner Haustüre stehen haben.
Bis dahin kannst du es behalten
und weiter für Umsatz sorgen.
Die Abrechnung(en) besprechen wir
in der nächsten Woche.
Passe mir gut auf meinen Daimler auf!
Gruß aus dem Wellnesshotel.
Peter und Hanna."

Sehr gut! Das passt mir prima! Dann haben Sarah und ich noch ein paar Tage mehr Zeit für uns, ähm, ich meinte natürlich Zeit um Tim zu finden … „Niklas, geh dich jetzt endlich fertigmachen! Sarah wartet!" Ich schimpfe wieder mit mir selber. So weit ist es schon gekommen. Frauen!

Ich bin ja wirklich neugierig was an dieser Adresse heute geschehen wird. Ob wir Tim finden werden? Auf der einen Seite wäre es natürlich schön, wenn wir ihn unverletzt finden und Heim bringen können. Auf der anderen Seite, die Tage zusammen mit Sarah … die werden mir fehlen, wenn sie vorbei sind. Diese Fahrt werde ich in meinem ganzen Leben nicht mehr vergessen, das steht jetzt schon fest.

So, fertig. Dann gehe ich jetzt auch nach unten, denn inzwischen habe ich auch richtig Hunger und freue mich auf ein Frühstück. Ich kann den gebratenen Speck und die Rühreier schon förmlich riechen! Und wenn ich daran denke, dann läuft mir fast schon das Wasser im Mund zusammen.

Sarah sitzt wieder an „ihrem" Platz am Fenster und starrt hinaus. „Hey, hast du noch nicht angefangen?" „Nein, ich wollte auf dich warten. Meinst du wir werden Tim bei der Adresse finden? Ich bin jetzt schon aufgeregt!" „Bleib locker, noch wissen wir nichts. Alles ist möglich. Aber, ganz ehrlich, an eine Entführung, also daran kann ich wirklich nicht mehr glauben. Alleine schon die Umstände. Eine wirklich reiche Italienerin, mit mehreren Hotels, alles totschick, die entführt doch nicht deinen Bruder! Das ist doch, verrückt ist das!" „Ja, für mich klingt das auch verrückt, aber ich habe keine andere Erklärung. Was soll denn sonst das ganze Spiel? Die teuren Autos, die Partys die er geschmissen hat, meinst du, meinst du wirklich, dass die Frau Romano dem Tim das alles bezahlt hat? Glaubst du das? Warum sollte sie das machen? Ich weiß nicht, … " „Möglich ist alles Sarah. Ich kann mir jedenfalls auf diese ganze Geschichte keinen sinnvollen Reim machen. Irgendwie ist jede Möglichkeit, die ich mir ausdenke, noch verrückter als die vorherige." „Komm Niklas, lass uns etwas zu essen holen. Mich macht sonst der Gedanke noch wahnsinnig. Je länger ich mir darüber einen Kopf mache, desto kurioser wird das Ganze." Als wir zu dem Frühstücksbuffet gehen, wird gerade frisches Rührei und Speck gebracht. Perfekt! Ich lade mir meinen Teller voll. „Dazu noch ein frisches Brötchen, traumhaft!" Sarah blickt auf meinen beladenen Teller: „Na du hast aber ordentlich Hunger, was?" „Du brauchst überhaupt keinen Kommentar abgeben,

Frau Sarah, denn bei dir wäre es auch sinnvoller, du hättest einen Pizzateller genommen statt einen dieser kleinen Frühstückteller. Dann hättest du dein Frühstück nämlich nicht so stapeln müssen!" Sie streckt mir die Zunge raus und äfft mich nach. Sie sieht süß aus, wenn sie so gekränkt spielt.

„Also wirklich Niklas, egal in welchem Hotel wir bis jetzt auch waren, aber mit dem Frühstück, da haben wir jedes Mal einen Volltreffer gelandet! Ich könnte geradezu meinen, die Hotels möchten sich hier gegenseitig überbieten, wer das bessere Frühstück vorweisen kann. Ich bin echt begeistert." „Ja Sarah, da hast du recht, da gibt es wirklich nichts auszusetzen."

Wir sind beide pappsatt und können nicht mehr. Wir blicken zufrieden auf unsere leeren Teller. Sarah sieht zu der Uhr an der Wand. „Niklas, sollen wir langsam aufbrechen?" „Wir haben noch über 30 Minuten Zeit Sarah, und nach dem Navi sind wir in zehn Minuten bereits dort. Aber du kannst es kaum erwarten, nicht wahr?" „Ja, ich will hier nicht mehr länger rumsitzen und nichts machen. Lass uns schon mal losfahren, bitte!" „Na gut, wegen mir."

Die Fahrt ging noch schneller als das Navi kalkulierte. Bereits nach fünf Minuten hatten wir die Abzweigung an dem Wanderparkplatz erreicht.

„NIKLAS!! WARTE!!" Ich zucke vor Schreck zusammen. Eine Vollbremsung mache ich aber gerade so noch nicht. „Sarah! Erschrecke mich doch nicht so! Was ist denn los zum Geier?" „Was ist …? Was wenn die Pistolen haben? Und sie auf uns schießen?" „Jetzt hör aber auf! Mach dich doch nicht selber verrückt! Ich fahre jetzt weiter! *„Auf uns schießen!* So ein Unfug!" Ich fahre langsam die Zufahrtsstraße entlang. Auf der rechten Seite verläuft eine lange Mauer an der Straße entlang. Sie ist aus Kalkstein und sauber verputzt. An einigen Stellen ist sie mit Kletterpflanzen bewachsen. Etwa alle zehn Meter wird sie von einer Lampe angestrahlt. Zwischen dem Schotterweg und der Mauer ist ein Blumenbeet angelegt. Sarah sieht mit großen Augen die Mauer an: „Siehst du das? Ist das da an der Mauer entlang im Sommer ein Blumenbeet? Die Mauer ist bestimmt einen Kilometer lang! Gehört das alles zu dem Grundstück? Wahnsinn! Der arme Gärtner!" Auf der anderen Seite des Schotterweges stehen in kurzen Abständen prunkvoll verzierte Straßenlaternen. Sie sehen aus wie aus dem letzten Jahrhundert. Die Mauer macht einen weiten Bogen, das Blumenbeet und der Weg folgen ihr. Wenig später stehen wir vor einem großen, schmiedeeisernen Tor. Das Tor und die Einfahrt sind trotz Tageslicht mit zusätzlichen Strahlern hell erleuchtet. „Stromverschwendung!", wettert Sarah. Ich steige aus und gehe an die Sprechanlage. Eine große reich verzierte Tafel an der Wand mit der Aufschrift: „ADAMO" hängt neben dem Tor. Aber einen Klingelknopf kann ich nicht finden. Stattdessen hängt neben der Tafel eine große Kette, die über dem Tor im Mauerwerk verschwindet. Ich ziehe daran und im gleichen Augenblick wird die Sprechanlage zusätzlich beleuchtet. Aha, so geht das hier. Sarah öffnet ihr Fenster: „Niklas! Was ist?" „Noch nichts, ich warte dass sich jemand an der Sprechanlage meldet." Sarah ist ungeduldig. Aber es meldet sich niemand. Nach einigen Minuten höre ich hinter dem Tor Schritte und das Kies knirschen. Ich flüstere zu Sarah: „Da kommt jemand!" Sarah flüstert zurück: „Wer?" „Das weiß ich noch nicht!"

„Pronto?" „Ähm, guten Tag, Niklas, Niklas Maurer, sprechen sie Deutsch?" „Ja, was kann ich für sie tun?" Ähm, das im Auto ist meine Kundin Sarah Sperling. Wir haben uns gestern Abend von dem Hotel aus telefonisch heute angemeldet für 10 Uhr. Frau Sperling möchte ihren Bruder, den Tim Sperling sprechen." „Die Dame im Auto ist die Schwester von Tim?" „Ja, Sarah heißt sie. Sarah Sperling." Der Angestellte im Pinguinfrack mustert mich von oben bis unten. Dann blickt er auf mein Taxi, zeigt mit dem Finger darauf, und sieht mich fragend an. „Frau Sperling ist mit einem Taxi von Deutschland gekommen, um mit ihrem Bruder zu sprechen?" „Jetzt, so wie sie das betonen, hört es sich echt verrückt an, aber, ja, das hat sie gemacht!" Der Pinguin und ich sehen Sarah an. Sie sitzt auf dem Beifahrersitz und kaut sichtbar an ihren Fingernägeln herum. Sicherlich platzt sie fast vor Neugier was der Pinguin und ich gerade besprechen. „Treten sie ein." Das große Tor klackt und beide Hälften öffnen sie langsam. „Kann ich mein Taxi mitnehmen?" Der Pinguin dreht sich nochmal um, sieht mich an, sieht mein Taxi an und dreht sich wortlos weg. Ich meine zu sehen, dass er dabei leicht seinen Kopf geschüttelt hat. Aber vielleicht täuscht das auch. Ich öffne meine Autotüre und setze mich hinter mein Lenkrad. Sarah ihre Nerven liegen blank, das würde sogar ein Blinder von Weitem sehen. „Was hat er gesagt? Was hat er gesagt? Sag schon! Was sagte er?" „Treten sie ein." Sarah ihr Blick versteinert: „Was?!?" „Er sagte ‚treten Sie ein!'" „Mehr nicht?!?" Sarah bekommt große Augen. „Nö." Jetzt wird sie lauter: „Niklas! Du bringst mich um meinen Verstand! Das war doch nicht alles! Was sagte er???" „Echt nicht, er wollte noch wissen ob du wirklich mit einem Taxi von Deutschland gekommen bist, nur um mit Tim zu sprechen, mehr nicht. Ehrlich! Aber ich glaube auch, dass er nur so ein Halbdiener ist oder so." „Hä? Ein was?" „Also nur einer, der das Tor auf und zu macht. Ich glaube der richtige Diener, oder wie man da sagt, der persönliche Diener oder so, wird ein anderer sein." „Niklas, du machst mich echt noch verrückt!" Und schon kaut sie wieder auf ihren Fingernägeln herum.

Ich lasse mein Taxi langsam dem Pinguin hinterher rollen. Der Kies knirscht unter meinen Reifen. Die Zufahrt ist, wenn man diese Einflugschneise überhaupt so betiteln darf, so groß, das fünf Taxen nebeneinander auf den Vorhof fahren könnten! „Donnerwetter! Sieh dir nur das Anwesen an! Das ist ja eine Villa! Nein, das ist ein Palast!" Der Bereich vor dem Haupteingang ist mit einem offenen Gebäude überdacht. Keine Ahnung wie so ein Vorbau genannt wird. Auf der einen Seite fährt man ein, und auf der anderen Seite fährt man wieder aus. Aber es gehört zum Gebäude. Wie ein großer zusätzlicher Flügel, der aber seitlich keine Wände hat. Krass! „Das ist ja, ja, wie bei der Hollywood Oskarverleihung! Nur sieht das hier noch viel nobler aus!" Ich habe ja schon einige Auffahrten und so gesehen als Taxikutscher, aber das hier, das stellt alles Bisherige deutlich in den Schatten! Wahnsinn! „Mach deinen Mund wieder zu! Du sabberst ja schon! Eklig, dich beim Gaffen zu beobachten!" Oha, Sarah ist wohl auf Krawall gebürstet! Der Pinguin läuft die drei Stufen nach oben vor den Haupteingang, öffnet eine der beiden Flügeltüren, stellt sich an die Seite, verschränkt seine Arme hinter seinem Rücken und sieht uns zu wie wir parken und aussteigen. „Komm, Sarah, aussteigen! Gleich wissen wir mehr!" „Ich kann nicht! Meine Füße sind eingefroren! Sie bewegen sich nicht mehr!" „Quatsch nicht! Raus mit dir! Schließlich sind wir jetzt genau da, wofür wir den ganzen Weg gemacht haben!" „Ich kann aber nicht! Mir zittern die Knie!" Ich laufe zu ihrer Türe, öffne sie noch ein Stück weiter und nehme sie bei den Händen. „Komm, Süße, bitte, sieh mich an. Vertraue mir! Und jetzt steige aus dem Taxi. Ich passe auf dich auf, ja?" Sarah sieht mir in die Augen. Selten habe ich solche Angst in den Augen gesehen. „Alles wird gut, ich bin bei dir! Ich bleibe bei dir! Gleich wissen wir wo dein Bruder ist, ja?" Ihre Hände sind eiskalt und zittern. Na, hoffentlich fällt die mir nicht gleich noch um. Das würde mir noch fehlen! Sie lässt sich mit Widerwillen zum Eingang führen. Fast muss ich sie schieben. Die Türen sind unglaublich groß. Sie sind aus schwerem, dunkelbraunem Holz. Reichlich verziert und mit sehr großen Beschlägen. „Bitte." Der Pinguin zeigt in den Flur, oder wie man das hier nennt. Bei uns wäre das in etwa die Größe einer Sporthalle von der Grundschule. Unglaublich! Er schließt hinter uns die Türe. Sie fällt mit einem lauten Rums in ihr Schloss. Gegenüber führt eine sehr breite

Treppe in die oberen Etagen. Am Fuß der Treppe stehen links und rechts davon große Statuen und eine noch größere Pflanze daneben. Die Treppe ist mit einem roten Teppich bedeckt, der von goldfarbenen Stangen an Ort und Stelle gehalten wird. „Einen Augenblick, bitte!" Der Pinguin verschwindet durch eine schmale Türe. Sarah flüstert mir zu: „Was jetzt?" „Keine Ahnung!" flüstere ich zurück.

Kurz darauf hören wir Schritte aus dem oberen Stockwerk. Ein Klack, Klack, wie von Stöckelschuhen auf hartem Boden. Das Klack Klack hört auf, dafür sehen wir jetzt wie ein paar glänzende Lackschuhe in Zeitlupe auf dem roten Teppich die Treppenstufen herunterkommen. Etwa pro Sekunde eine Stufe. Und mit jeder Stufe ist ein wenig mehr zu sehen von der Gestalt. Sarah hat aufgehört zu Atmen, starrt auf diese Lackschuhe und drückt mir dabei fast meine Hand blau! Jetzt ist er in voller Pracht sichtbar! „Guten Tag. Mein Name ist Adamo. Sie wünschen?" „Das! Das ist der Mann von dem Foto!!" „Sarah! Pschschscht!! Hoffentlich hat er das nicht gehört!" „Das muss der Oberpinguin sein!" flüstert mir Sarah zu. Ich muss grinsen, denn exakt das gleiche dachte ich auch gerade! „Guten Tag. Mein Name ist Niklas, Niklas Maurer, und ich darf vorstellen, das ist Sarah Sperling. Sie ist die Schwester von Tim Sperling. Sie möchte ihren Bruder sprechen." Der Oberpinguin „Adamo" mustert uns ausgiebig. Er starrt Sarah an. „Sie sind die Schwester von Tim?" „Ja, kann ich ihn sprechen?" „Nein." „Was?!? Warum?!? Wo ist mein Bruder? Was ist mit ihm?" Sarah hat schlagartig wieder Farbe in ihr Gesicht bekommen. „Weil er nicht hier ist. Sie sind im Urlaub!" Mit diesen Worten dreht sich der Oberpinguin zur Seite und öffnet eine weitere Flügeltüre in einen weiteren Saal. Sarah und ich sehen uns mit offenem Mund an und gleichzeitig sagen wir:

„IM – UR – LAUB?!?"

Wir beide folgen dem Oberpinguin in den Nebenraum. Es ist ein großer Speisesaal. Gegenüber dem Eingang ein riesiger, offener Kamin, in dem ein beachtliches Feuer lodert. Immer wieder knistert und knackt es. Die linke Seitenwand ist über und über mit Büchern bedeckt. Ein Regal über die gesamte Wand, von der Decke bis zum Boden und von links bis rechts! Hunderte von Büchern! Wow. Sarah drückt meine Hand und reckt ihren Kopf in meine Richtung: „Ist das hier die örtliche Bücherei?!?" „Pschschscht!" zische ich zurück. „Der versteht sehr gut Deutsch!" Die Wand gegenüber den Büchern ist komplett aus Glas und gibt einen herrlichen Blick auf das Anwesen frei. In der Mitte des Raumes steht eine ewig lange Tafel mit unzähligen Stühlen. Der Tisch ist, wie vieles hier, aus dunklem, schwerem Holz. Der Länge nach sind auf dem Tisch vier silberne Kerzenleuchter verteilt. Die Kerzen brennen, aber eingedeckt ist er nicht. „Bitte, nehmen wir doch Platz." Der Oberpinguin deutet mit der offenen Hand an den Tisch. Seine andere Hand reckt sich leicht nach oben und schnippt. Sarah zuckt zusammen! Sie krallt in meine Hand und rückt mir näher! „Jawohl", hören wir hinter uns sagen. Sarah und ich erschrecken und drehen uns

ruckartig um. Ein weiterer Pinguin! Er macht aber nur einen Diener, geht wieder rückwärts nach draußen, und zieht dabei die Flügeltüren zu, durch die wir gerade gelaufen sind. „Dieses Theater halte ich nicht lange aus!" flüstert mir Sarah zu. „Setz dich", flüstere ich zurück. Der Oberpinguin und wir beide setzen uns an die Tafel. „Señora und Tim sind in der Villa, am Meer. Dort werden sie bis Samstag sein." „Was soll das heißen? Können sie mir bitte mal erklären was die *Senora* und Tim miteinander zu tun haben? Was machen die in dieser Villa? Wo ist mein Auto? Und wann kommt Tim wieder zurück?" Sarah möchte nach diesen aufregenden Tagen endlich Antworten auf ihre Fragen. „Es tut mir aufrichtig leid, Frau Sperling, aber außer der Frage, wo ihr Auto ist, werden sie sich mit den Antworten noch gedulden müssen. Ihr Auto steht in der Tiefgarage. Für ihre weiteren Fragen muss ich sie bitte, sich an ihren Bruder zu wenden."
„Tiefgarage?" Jetzt bin ich auch Neugierig. Denn eine Zufahrt zu einer Tiefgarage konnte ich nicht sehen. „Ja, hinter dem Gebäude ist eine Tiefgarage. Ihr Bruder hat gebeten ihr Auto dort einstellen zu dürfen. Er wollte nicht, dass es draußen stehen bleibt. Señora ist das sehr entgegengekommen. Sie wollte auch nicht, dass das Fahrzeug sichtbar vor der Türe steht." Dabei räuspert er sich, der Lackaffe! Lästert der etwa über Sarahs Auto?!? „Können wir Tim irgendwie erreichen? Telefonisch? Oder haben sie uns eine Adresse?" Der Oberpinguin sieht uns eine Weile ohne Regung an. Er bewegt sich nicht einen Millimeter und ich meine sogar, dass er mit dem Atmen aufgehört hat. Was ist denn jetzt? Muss er überlegen? Oder

muss man ihn wieder anstoßen wie eine alte Standuhr? Doch urplötzlich steht er mit einem Ruck von seinem Stuhl auf! Sein Stuhl rattert dabei laut über den Holzboden. Sarah zuckt schon wieder zusammen. „Bitte entschuldigen sie mich einen Augenblick." Er dreht sich weg und verschwindet durch eine Türe, die mir bis jetzt noch überhaupt nicht aufgefallen ist. Sie ist fast unsichtbar in die Wand neben dem Kamin eingelassen. „Der macht mich Irre!" zischt Sarah. „Was spielen die hier für ein Spiel mit meinem Bruder? Was soll dieses ganze Spektakel? Und warum kann er uns nicht sagen, was diese alte Schrulle mit meinem Bruder zu tun hat?!?" „Sarah, ich habe keine Ahnung, und eine Erklärung habe ich auch nicht, aber das finden wir auch noch heraus! Heute haben wir ihn gefunden! Jetzt müssen wir ihn nur noch treffen, das packen wir auch noch!" Der Oberpinguin kommt wieder an den Tisch zurück. „Sie sind gerade nicht in der Villa und somit nicht erreichbar, aber sie möchten doch bitte morgen erscheinen. Wenn es denn unbedingt sein muss. Ich habe sie für morgen um 14 Uhr angekündigt. Ich denke, das müsste auch für ihr Taxi möglich sein." Wenn der noch so einen abfälligen Kommentar über mein Taxi macht, fängt er sich eine! „Das hier ist die Adresse." Er reicht mir eine Visitenkarte mit einer Adresse darauf. „Ich geleite sie jetzt hinaus." Wie ferngesteuert laufen Sarah und ich dem Oberpinguin hinterher. Er öffnet die Flügeltüre, läuft zur Haustüre, öffnet diese und stellt sich provokativ an die Seite bis wir an ihm vorbei im Freien sind. „Ich empfehle mich." Danach schließt er die Türe sofort hinter uns. „Und das war es jetzt", fragt mich Sarah.

„Sieht so aus. Wir fahren in das Hotel und prüfen die Adresse. ‚*San Vincenzo*', kennst du das?" Sarah schüttelt den Kopf. „Nö, ich glaube nicht. Der Name sagt mir nichts." Wir rollen die Auffahrt leise hinunter. Der Kies knirscht wieder unter meinen Reifen. Als wir an dem großen Tor ankommen, steht es bereits offen. Kaum das wir durch sind, schließt es sich aber unmittelbar hinter uns. Wir fahren wieder an der Mauer entlang bis zu der Abzweigung mit dem Wanderparkplatz. „Kannst du an dem Parkplatz kurz anhalten? Ich möchte mir mal kurz die Füße vertreten." „Klar." Sarah macht einen verstörten Eindruck, als ob sie das alles nicht glauben kann, was sie gerade gesehen hat. Ich parke. Sarah öffnet ihre Türe und steigt aus. Sie lehnt sich gegen meinen Kotflügel und steckt sich eine Zigarette an. Das macht sie alles wie in Zeitlupe und fast schon apathisch. Sie sieht dabei nicht einmal nach oben, sie hat ihren Blick fest am Straßenrand. Ich stelle mich neben sie und lehne mich ebenfalls an mein Taxi. Ich zünde mir auch eine an und strecke ihr meine ausgebreiteten Arme entgegen. Sie lässt sich auf meine Brust fallen und lehnt jetzt an mir. „Warum? Warum nur? Warum macht er das? Warum sagt er mir nicht was los ist? Ich hatte ein so wahnsinnig tolles Verhältnis zu meinem Bruder. Und jetzt? Jetzt habe ich das Gefühl, in nicht mehr zu erkennen!?! Ich verstehe von diesem komischen Spiel immer weniger!"

    Ich habe keine Antworten auf ihre Fragen und tröste sie einfach nur, indem ich sie etwas fester halte. Sie seufzt. Mal wieder. Sie muss schon einiges mitmachen in diesen Tagen. Aber ich kann auch nicht mehr machen, als wir ohnehin schon tun. „Bist du mit deiner Zigarette auch fertig? Können wir zurück in das Hotel fahren? Dann sehen wir noch nach dieser Adresse und vielleicht fällt uns ja noch etwas ein. Was meinst du?" Sarah nickt. „Ja, lass uns zurückfahren."

 Im Zimmer angekommen sehen wir im Internet und in dem Navi auf dem Smartphone nach der Strecke. „Etwas über 160 Kilometer und gute zwei Stunden Fahrzeit. Was hat er auf der Visitenkarte für eine Uhrzeit notiert? War das nicht 14 Uhr?" frage ich mehr bestätigend als fragend. „Ja, 14 Uhr hat er notiert." „Das heißt Sarah, wir frühstücken nach dem Aufwachen in aller Ruhe und fahren einfach los. Wenn wir etwas früher dort sind, können wir uns in dem Ort noch etwas umsehen. Ja?" „In Ordnung. Ich lege mich jetzt etwas hin, ich fühle mich ausgelaugt. Kommst du auch mit ins Bett?" Ich sehe sie fragend an. „Bitte was?!?" „Niklas, bitte, nur zusammen in das Bett liegen. Ich möchte dich einfach in meiner Nähe haben, nicht mehr und nicht weniger. Bitte." Ich kann nicht anders als ihrem Wunsch nachkommen. Ich kann ihr ihren Wunsch einfach nicht ausschlagen, selbst wenn ich wollte. Ich lege mich neben sie und strecke ihr meine offenen Arme entgegen. Wir schlafen beide ein.

 Es ist früher Abend. Meine Uhr zeigt 17 Uhr an. Sarah liegt noch immer in meinem Arm und schläft. Wieder so ein Moment der nie enden sollte, aber dieses Mal muss ich auf die Toilette. Verdammt. Ich will nicht, aber ich muss wirklich. Ich versuche mich unter ihr herauszuschälen, ohne sie dabei aufzuwecken, gelingt mir aber nicht. Sie schaut mich völlig verschlafen an: „Niklas, wohin gehst du?" „Nur auf die Toilette, alles in Ordnung!" flüstere ich zurück. Sie räkelt und streckt sich dabei, anscheinend wacht sie so immer auf. Ein Schauspiel, bei dem ich ewig zusehen könnte, aber ich muss wirklich dringend.

„Niklas, hast du auch Appetit? Ich könnte etwas zum Beißen vertragen. Du auch?" „Ja, ich habe inzwischen sogar richtig Hunger. Lass uns nach unten gehen und nachsehen, ob die hier im Hotelrestaurant etwas Leckeres für uns in ihrer Küche zaubern können." „Sehr gute Idee. Ich bin gleich so weit, dann können wir los."

Und wieder sitzen wir am gleichen Platz an dem wir auch schon beim Frühstück gesessen sind. „Die Auswahl ist aber nicht gerade üppig." Sarah blickt etwas hilflos in die Speisekarte. Ich selber bin aber auch unentschlossen. „Aber heute reicht mir etwas, um einfach meinen Hunger zu stillen. Ich möchte heute nichts Besonderes. Oh, sieh mal, ja! Genau richtig! Spaghetti Bolognese! Ja genau, das nehme ich. Auch wenn ich das neulich schon hatte." Sie klappt ihre Karte wieder zu. „Hm, das nehme ich auch, darauf habe ich jetzt auch Lust."

Das Essen verläuft ohne viele Worte. Wir hängen beide dem heute erlebten und unseren Gedanken nach. Auch sind wir beide am überlegen, was der Tag morgen wohl noch für weiter Überraschungen für uns bereithält. „Niklas, was meinst du, was morgen auf uns zukommt?" „Ich habe nicht die geringste Ahnung. Aber wir werden ihn finden! Inzwischen bin ich mindestens genauso entschlossen wie du, deinen Bruder zu finden. Und ich bin mir sicher, ihn auch zu finden!" „Ohne dich wäre ich lange nicht so weit gekommen. Ich weiß überhaupt nicht, wie ich dir jemals danken kann." „Mir musst du nicht danken, du bist mir dank genug!" „Nur das mit dem Umsatz, das muss ich irgendwie noch dem Peter beibringen" denke ich so bei mir. Lasse mir aber natürlich nichts anmerken. Stattdessen lächle ich sie mit dem schönsten Lächeln an, das ich bieten kann. Und sie lächelt zurück. Was will ich mehr?

20 – San Vincenzo

Achter Tag. Samstagmorgen.

Die Nacht war wieder kurz. Das war jetzt schon die zweite Nacht, in der ich nicht besonders gut schlafen konnte. Meine Nachbarseite ist schon wieder leer und ich höre das Wasser in der Dusche rauschen. Heute muss sie nicht auf mich warten! Ich schäle mich aus dem Bett und mache mich bereit das Bad zu stürmen, sobald sie die Türe öffnet. Die Türe klackt und geht auf: „Hey, Niklas, du bist ja schon wach! Guten Morgen. Hast du gut geschlafen?" Sie gibt mir im vorbeilaufen einen Kuss und fängt an in ihrer Tasche zu kramen. „Ja, auch einen guten Morgen. Ich mache mich auch gleich fertig, dann können wir zur Abwechslung auch mal gemeinsam nach unten, ja?" „In Ordnung. Können wir gerne machen. Dann beeil dich!"

Nur wenige Minuten später bin ich auch fertig zum gehen. „Hoppla, heute bist du aber schnell gewesen! Bist du überhaupt nass geworden in der Dusche? Oder hast du nur kurz das Wasser laufen lassen?" „Du bist ganz schön frech für deine Größe", entgegne ich ihr. „Du Niklas, ich habe meine Sachen schon gepackt, wenn du willst, können wir unsere Taschen auch gleich mit nach unten nehmen und das Zimmer bezahlen, dann müssen wir nachher nicht noch einmal extra hochlaufen." „Och komm, ne, lass uns in aller Ruhe frühstücken! Wir haben das Treffen

heute erst um 14 Uhr, und die Fahrt dauert nur zwei Stunden. Wir haben also wirklich keine Eile, ja? Oder hast du es so eilig nach Lawintrento zu kommen. "
„San Vincenzo heißt der Ort", verbessert sie mich.
„Meinetwegen, dann eben nicht." Sie wirft ihre Tasche wieder auf das Bett, geht zur Zimmertüre und öffnet sie.

An unserem Stammplatz am Fenster begrüßt uns unsere übliche Kellnerin und gießt uns den Kaffee ein. Wie der duftet. Mal wieder: herrlich! Am Morgen der Duft von frischem Kaffee, und der Rest vom Tag kann kommen. Sarah schnappt sich ihren Teller und geht zum Buffet. Ich laufe ihr hinterher.

Wieder zurück am Tisch, wirkt sie nachdenklich. „Alles in Ordnung mit dir, du wirkst so in Gedanken?" „Ja, ich denke an meinen Bruder. Es lässt mich einfach nicht los. Ich frage mich die ganze Zeit was dieser ganze Zirkus soll. Ich meine, was hat er mit diesen reichen Leuten zu tun? Warum das Ganze? Ich verstehe das einfach nicht." „Wir werden es heute erfahren. Ich bin mir sicher. Wirst sehen, heute Abend sind wir beide schlauer." „Das hoffe ich, denn so langsam geht mir das ganze Theater mit diesen Stinkreichen hier gehörig auf die Nerven." „Das glaube ich dir. Aber bald ist es vorbei, wirst schon sehen." „Ich beneide dich um deine Ruhe, ohne dich wäre ich sicherlich schon vor längerer Zeit komplett ausgerastet." Wir essen unser Frühstück ohne uns weiter groß zu unterhalten. In Sarahs Gesicht meine ich Sorgen in den Augen sehen zu können. Ich suche immer wieder den Blickkontakt zu ihr, aber sie hat ihren leeren Blick auf die Tischdecke gerichtet. Sie ist mit ihren Gedanken sicherlich bei ihrem Bruder. Aber ich will nicht schon wieder davon anfangen. Damit werden wir heute noch genug zu tun haben.

„Mir reicht es, ich bin satt. Sarah, wie ist es bei dir möchtest du noch? Soll ich dir noch einen Nachtisch bringen?" „Oh, entschuldige, ich war in Gedanken. Ähm, nein danke Niklas, ich bin auch satt. Ich möchte nichts mehr." „Sollen wir langsam aufbrechen? Unsere Taschen von oben holen und das Zimmer bezahlen?" „Ja, lass uns verschwinden. Ich möchte auch losfahren."

Wir beladen mein Taxi und machen uns auf den Weg durch die Berge in Richtung Mittelmeer. Das Wetter ist klar und die Sonne blinzelt zwischen den Bergen durch. „Sarah, sieh´ doch mal bitte in das Handschuhfach. Dort müsste noch meine alte Sonnenbrille drin sein. Gibst du sie mir bitte?" „Klar, hier." „Danke. Ich glaube das wird heute ein richtig schöner Tag. Siehst du diese kleinen Wolken. Die, die aussehen wie so kleine Fetzen? Und es ist so klar, man kann so weit sehen." „Ja, es sieht wirklich gut aus. Hoffentlich bleibt es so schön, dann haben wir wenigstens **einen** Grund uns zu freuen." „Na jetzt komm schon! Nicht schon wieder Trübsal blasen. Das wird schon wieder, du wirst sehen." „Ich glaube ich kann mich erst wieder freuen, wenn ich Tim wieder habe und weiß, dass es ihm gut geht." Die Straßen in den Bergen sind über viele Kilometer sehr schmal und auch sehr kurvig. Immer wieder haben wir Traktoren und andere Landwirtschaftsfahrzeuge vor uns, die wir nicht überholen können. Die Zeit vergeht. Sarah hat wieder die Straßenkarten vor sich und dirigiert mich durch die Berge. „Sarah, sag mal, du fährst unglaublich gut Auto und hast mit Kartenlesen überhaupt keine Schwierigkeiten. Zumindest viel weniger Schwierigkeiten, als ich anfangs dachte. Wer hat dir das alles beigebracht?" „Mein Papa, ich war früher viel mit ihm in Europa auf Rallys und Straßenrennen unterwegs. Als ich noch kleiner war, hatte er diese Rennen als Hobby gefahren." „Dein Papa fährt Rallys und Straßenrennen?!?" „Ja, früher, also bis vor ein paar Jahren noch. Und mich hat er oft mitgenommen. Zumindest in den Ferien. Ich durfte auf diesen abgesperrten Geländeplätzen oft fahren. Anfangs immer nach den Rennen, wenn der große Trubel vorbei war. Später dann auch die kleinen Rennen. Er hat mir das Fahren beigebracht, als ich praktisch noch überhaupt nicht fahren durfte. Und das mit dem Kartenlesen, das war von Anfang an ohnehin immer mein Job, wenn wir die Rennen gefahren sind. Und damals musste das deutlich schneller gehen als wie heute hier bei dir. Und wenn ich einen Fehler machte, dann schimpfte er zwar nicht mit mir, aber es war für mich furchtbar! Schließlich verlor er wegen meinem Fehler wichtige Plätze. Ich machte mir selber Vorwürfe und entschuldigte mich mehrmals. Aber mein Papa machte niemals ein Problem daraus, er meinte immer nur, dass das jedem einmal passieren kann. Denn bei den Straßenrennen durfte man überhaupt kein Navi benutzen. So lernte ich das alles schon als Kind. Und es macht mir auch Spaß. Ich mache beides gerne. Kartenlesen genauso wie das Fahren. Wenn du also mal eine Ablösung brauchst, dann sag mir einfach Bescheid. Ich kann gerne auch mal fahren." „Du erstaunst mich immer wieder. Du bist tatsächlich Rennen gefahren?" „Ja, aber nur die kleinen. Die waren ausgeschrieben für die Amateure, Anfänger und Jugendliche. Aber wir Jugendlichen sind den Anfängern und Amateuren immer vorneweg gefahren. Die standen uns jungen Fahrern nur im Weg rum. Von uns Jugendlichen war jeder froh, wenn er endlich aus dieser schäbigen Klasse raus konnte, und mit den ‚Großen' mitfahren durfte." „Hast du etwas erreicht, ich meine, hast du Pokale zu Hause stehen?" „Ja, ein paar, aber nicht der Rede wert. Sie verstauben in einer Vitrine und das war es dann auch schon." „Und heute? Fährt dein Papa mit dir immer noch Rennen?" „Nein, heute nicht mehr, heute hat er in der Firma zu viel zu tun und ich selber habe ja auch keine Zeit mehr. Außerdem bin ich total aus der Übung und würde den heutigen Jugendlichen im Weg stehen. Heute sind es die, die mich verfluchen würden und Kreise um mich drehen würden. So wie wir eben damals um die Älteren das machten, die nicht mehr richtig fahren konnten." Sarah bringt mich mit ihrer Geschichte zum Staunen und lenkt uns beide von ‚Tim' ab. Mir kommt es gerade recht, und für sie ist es sicherlich auch eine Abwechslung von etwas anderem sprechen zu können. „Vermisst du die Zeit? Würdest du wieder fahren wollen? Ich meine, wenn sich die Gelegenheit bieten würde?" „Ich glaube nicht, erstens bin ich ziemlich aus der Übung, und zweitens haben wir auch keine Rennfahrzeuge mehr, mit denen wir an solchen Rennen teilnehmen könnten."

„Und wenn das alles noch da wäre, würdest du heute noch hinter das Lenkrad von einem echten Rennwagen sitzen und eine Rally mitfahren?" „Klar! Oder, besser gesagt, wenn mein Dad nicht damit aufgehört hätte, und wir die letzten fünf Jahre weitergemacht hätten, dann ja! Dann wäre ich ja schließlich einfach weitergefahren. Ohne Unterbrechung. Und ich hätte nicht von alleine aufgehört, wenn mein Papa noch weitergemacht hätte. Ja, dann würde ich heute noch die Wochenenden im Staub an den Rennstrecken verbringen! Verrückt, was?" „Ja, das kann ich mir beim besten Willen nicht vorstellen. Du, im Rennkombi, in einem Rally-Wagen, und Matsch, Staub und Dreck in den Haaren und in jeder Pore, also das übersteigt meine Fantasie dann doch bei Weitem!" Sarah muss lachen. „Na sooo schlimm ist es auch wieder nicht. Außerdem kann man sich ja wieder waschen. Nur die Schmiere von den Motoren und dem Fahrwerksteilen, die waren echt hartnäckig in der Haut. Aber sonst war es echt eine super Sache. Wenn ich ein Problem beim Fahren bemerkt hatte, und mich nach dem Rennen zusammen mit dem Mechanikerkumpel von Papa unter das Auto legte, um das Problem zu beseitigen, dann war das für mich spannend. Wenn ich den Fehler letztendlich fand, und ihn repariert hatte, und das Auto wieder so lief wie es sein sollte, dann war das schon ein sensationelles Gefühl! Aber wenn ich es dann auch noch schaffte zu gewinnen, dann war es soweit und ich konnte nur noch lachen! Ich platzte fast vor Stolz! Ich lachte, weil ich einfach nicht anders konnte! Ein Glücksgefühl, wie ich es nur schwer beschreiben kann. Ich stand da, alles um mich herum jubelte, und ich konnte einfach nichts anderes machen, als zu lachen." „Rallys und Rennen fahren und Autos reparieren! Darauf wäre ich niemals gekommen!" „Ja, da bist du nicht der Einzige, für den es schwer vorstellbar ist, das kannst du mir glauben. Aber Niklas, sieh doch! Bis nach La Vincenza sind es nur noch fünf Kilometer! Gleich sind wir da! Durch das viele Gequatsche habe ich die Zeit überhaupt nicht mehr bemerkt." „Ja, du hast recht, das ging jetzt die letzten Kilometer wirklich schnell." Das Wetter spielt nun auch mit und es ist ein sonniger Tag geworden. Der Himmel ist inzwischen völlig wolkenlos und tiefblau. Die Sonne glitzert im Meer und blendet. Wenn die Temperaturen nicht so kalt wären, könnte man meinen, im Meer schwimmen zu können. Aber kurz vor Weihnachten ist es hier auch zu kalt, um zu baden. „Du, Niklas, eines noch. Du bleibst bei mir, ja? Ich meine, wir machen das genauso wie in dem Palast in Montepulciano, ja? Du nimmst mich bei der Hand und lässt mich nicht mehr los, verstanden? Das musst du mir versprechen!" „Ja Sarah, kein Problem, ich verspreche es dir. Ich bleibe bei dir und du darfst mir wieder meine Hand drücken bis sie blau ist." Und zack, schon habe ich wieder eine kleine Faust in meine Seite bekommen. „Komm schon, war nur Spaß!" Sarah sitzt auf dem Beifahrersitz mit verschränkten Armen und zieht eine Schnute mit ihrem Mund. „Natürlich halte ich dich! Mache dir keine Sorgen, ich passe auf dich auf, ja? Wir machen das schon. Das habe ich dir doch versprochen." Manchmal bin ich mir nicht sicher, wann sie wirklich beleidigt ist und wann sie einfach nur vor sich hin trotzt. Aber das bekomme ich auch noch heraus! „Nächstes Mal nehme ich mir ein anderes Taxi!", meckert sie zurück. Jetzt muss ich lachen! "Haha, das nächste Mal? Na da bin ich aber mal gespannt! Wer wird denn beim nächsten Mal entführt? Dein Hamster? Haha!" Und zack, schon habe ich die nächste Prinzessinenfaust in der Seite. Na warte, dieses Mal dreh ich den Spieß um. Ich stöhne auf und krümme mich hinter meinem Lenkrad! Ich jammere das komplette Programm ab, dass sie meine verletzte Stelle getroffen hat, und das auch noch ausgerechnet jetzt, wo sie gerade am verheilen ist. „Bitte nie, nie wieder dahin boxen, ich bin da doch schon zweimal operiert worden!" Sarahs Gesicht versteinert sofort. „Was?!? Niklas, das wollte ich nicht! Das wollte ich wirklich nicht! Ich hatte doch keine Ahnung! Warum sagst du mir so etwas auch nicht schon früher?!? Was kann ich für dich tun? Das tut mich echt leid! Tut es sehr weh?!?" Leider kann ich mir mein Lachen nicht sehr lange zurückhalten, denn Sarah macht auf ihrem Sitz wirklich einen halben Hampelmann, so sehr ist sie plötzlich in Sorge um mich. Nachdem ich aber lospruste, weil ich mein Lachen nicht mehr zurückhalten kann, merkt Sarah natürlich sofort, dass ich sie mit der Verletzung nur auf den Arm genommen habe. Sie holt aus und klopft mir in einer Folge von kleinen Faustschlägen auf die Schulter. Danach ist sie dann doch etwas säuerlich, weil sie mir komplett auf den Leim gegangen ist.

    Ich rolle in einen kleinen Parkplatz am Ortseingang. „Jetzt rauchen wir erst mal eine, was hälst du davon?" Sie sitzt mit verschränkten Armen vor ihrer Brust und macht immer noch ein verärgertes Gesicht. „SEHR-GUTE-IDEE!!" Oha, ich mache jetzt erst mal wieder gut Wetter, ehe wir in das Dorf einfahren. „Sarah, komm schon, ich wollte dich doch nur ablenken, und ich finde, das ist mir wirklich gut gelungen. Findest du nicht auch?" „Jetzt echt? Du wolltest mich nur ablenken?" „Ja, ehrlich, reine Ablenkungstaktik. Mehr nicht." „Du bist echt verrückt, ich dachte wirklich, dass du da eine Verletzung hättest. Du hast da aber nichts, oder?" „Nein, alles in Ordnung. Wieder Frieden?" Ich sehe sie mit meinem charmantesten Lächeln an, das ich ihr bieten kann und reiche ihr meine Arme. Sie sieht mich mit einem bösen Blick von unten herauf an. Das kann sie aber nicht lange halten und sie bekommt ein Lächeln in ihr Gesicht. Sie knufft mich noch einmal in meinen Bauch und lässt sich dann aber in meine Arme fallen. „Du bist echt ein Affe!" „Für dich bin ich gerne ein Affe!"

Wir fahren nach San Vincenzo ein. Das kleine Dörfchen direkt am Meer liegt malerisch an der Küste. Es sind kaum Menschen unterwegs und es wirkt anfangs wie ausgestorben. Ein paar wenige Einheimische gehen an den Hauswänden entlang mit Einkaufskörben. Jetzt sehen wir auch, wohin die mit ihren Körben pilgern. Auf dem Dorfplatz ist Wochenmarkt. Aber außer den Verkäuferinnen sind nicht viele Menschen zu sehen. Wir fahren weiter in Richtung Zentrum. Ich schätze im Sommer kann man sich hier kaum noch bewegen, wenn die Sommerurlauber dieses kleine Dorf stürmen. Wir rollen langsam durch die schmalen Gassen in Richtung Hafen. Wir biegen um das letzte Häusereck in die Hafenpromenade ein und fahren an ihr langsam entlang. „Niklas, sieh mal, da ist ja schon das Meer. Wie blau es leuchtet. Ist die Farbe normal? Oder leuchtet das im Dezember immer so?" „Keine Ahnung, ich finde es sieht eigentlich völlig normal aus, eben wie Meer." „Typisch Mann!" Im Hafen liegen unzählige Schiffe. An der Promenade entlang haben sie mit dem Rücken zu uns angelegt. Als wir langsam an ihnen vorbeirollen, können wir bei vereinzelten in die Rückseite der Schiffe hineinsehen. Einige sind noch dunkel und verschlossen. Ein paar wenige Bootsmenschen sitzen auch schon auf ihrer Terrasse im Heck beim Frühstück. Die sehen teilweise aus, als ob sie gerade eben erst aus dem Bett gefallen wären. Total verballert. Aber ich denke mir meinen Teil. Die Boote sind nicht gerade klein und kosten bestimmt ein Vermögen. In ihnen ist sicherlich Platz vorhanden wie in einer Fünfzimmerwohnung! Mit Dachterrasse und Gästezimmer! Wahnsinn. Was so eine schwimmende Wohnung wohl kostet? Ich schätze unter einer Millon brauchst du erst gar nicht anfangen zu überlegen. „Niklas, bist du neugierig? Ich meine ja nur, weil du in jedes Boot so hinein glotzt?" „Nein, ich bin nicht neugierig. Ich will nur alles wissen. Sarah, sag mir besser was wir jetzt so lange machen? Erst um 14 Uhr treffen wir deinen Bruder. Jetzt ist aber gerade einmal zehn Uhr. Wir haben also rund vier Stunden Zeit. Suchen wir uns hier im Hafen ein Lokal oder Bistro? Noch mal einen Kaffee trinken, oder eine Kleinigkeit frühstücken? Oder lieber einen Stadtbummel?" „Stadtbummel? Hier ist alles geschlossen! Hast du ein Geschäft gesehen, dass geöffnet hatte? Ich nicht. Das Einzige was offen war, war der Wochenmarkt. Niklas! Da ist ein Parkplatz frei! Stell doch dein Taxi ab und wir gehen ein wenig zu Fuß." Ich parke mein Taxi. Vor unserem Parkplatz führt ein schmaler Fußweg entlang. Dahinter kommt gleich das Wasser mit den Booten der Reichen und Schönen. Als ob sie ihre Schiffchen präsentieren möchten. „Niklas, komm wir gehen rüber auf die andere Straßenseite. Dort sind die Cafés. Vielleicht hat eines geöffnet." „Gute Idee. Eines wird ja wohl offen haben." Wir schlendern Arm in Arm im Hafen entlang und finden gleich mehrere geöffnete Cafés. „Das hier ist doch hübsch. Von hier aus haben wir einen guten Blick in den Hafen, auf das Meer und du kannst weiter in die Boote gaffen!" Sie streckt mir kurz ihre Zunge heraus, gibt mir aber gleich darauf einen Kuss und zieht mich in eines der Cafés. „Wir nehmen den hier." Sarah zieht sich einen Stuhl und einen Tisch zurecht. Wie ferngesteuert gehe ich ihr hinterher. Wenn ich ehrlich bin, ist es mir sowieso egal ob ich hier oder dort sitze. Hauptsache, ich bekomme einen anständigen Kaffee. Aber ja, sie hat recht, von hier hat man wirklich einen sehr guten Überblick über den ganzen Hafen. Beim Kellner bestellen wir zwei portionen Kaffee und für jeden noch eine Kleinigkeit zu Essen. Die haben hier doch tatsächlich Butterbrezen! Hier bleibe ich! Wo ich doch Butterbrezen so liebe! Vorausgesetzt sie sind lecker. Nicht zu matschig, das ist wichtig! Wir machen es uns auf unseren Stühlen gemütlich. Der Kellner hat uns beim Aufnehmen der Bestellung Decken gebracht. Auch ein toller Service. Wir lümmeln uns in die Decken ein und glotzen durch den Hafen. „Hach, auch schön hier, nicht wahr?" Sarah stimmt mir zu: „Ja, hier könnte ich es auch noch ewig aushalten. Nur der Wind heute Morgen ist noch etwas frisch. Zum Glück haben wir unsere dicken Jacken mit. Und mit den Decken ist mir überhaupt nicht kalt. Ich glaube, ich bleibe hier genauso sitzen. Bis 14 Uhr!" Verträumt sehen wir den Menschen, den Autos und den vorbeituckernden Schiffen hinterher.

„Niklas, wo siehst du denn die ganze Zeit hin?" „Ich glaube, ich fange schon an zu spinnen. In jedem zweiten blonden Typen den ich sehe, meine ich deinen Bruder zu sehen." „Na ja, wer weiß, er kann hier schließlich überall sein. Ich habe keine Ahnung wo er sich gerade wirklich aufhält. Wer weiß, vielleicht läuft er hier gleich vorbei." Dabei kichert sie vor sich hin, als ob sie sich darauf freuen würde. „Guck mal, Sarah, der da sieht zum Beispiel auch aus wie dein Bruder auf dem Foto. So geht es mir schon die ganze Zeit. Egal wo ich hinsehe, ich sehe deinen Bruder. Ich sag doch, ich fange schon an zu spinnen." „Wo denn?" „Na da hinten, in dem Schiff." Ich zeige mit meiner Hand in die Richtung. Aber Sarah hat einen kleinen Transporter im Blickfeld. „Siehst du an dem kleinen Transporter vorbei? Da steht doch dieses Schiff mit dem Rücken zu uns. Das mit dem silbern glänzenden Sonnendach. In dem Heck sitzt doch dieser blonde Typ mit einer weißen Decke oder Schal, oder was das ist, um die Schulter. Der, der gerade die Zeitung liest, oder was auch immer der da macht." „Ah, jetzt sehe ich ihn. Du meinst den, der gerade an seine Kaffeetasse trinkt?" „Ja, genau! Der sieht doch so aus wie Tim, oder nicht? Oder geht das nur mir so?" „Aber, ABER, DAS **IST** TIM!!!"

21 – Tim!

Achter Tag, Samstagmittag.

Sarah ist jetzt nicht mehr zu stoppen! Sie erkennt ihren Bruder Tim, springt sofort auf und stößt dabei den Tisch in meine Richtung, dass unsere Kaffeetassen umkippen! Ein Glück, dass nichts dabei kaputtgeht. Aber der heiße Kaffee bleibt natürlich nicht in der Tasse, sondern schwappt, na? Wohin? Klar! Mir in den Schoß!! „Au! Heiß!" Aber Sarah hört das nicht mehr! Sie rennt über die Straße zu dem Boot mit Tim. Ein Auto, das gerade entlangkommt, muss scharf bremsen, da sie Pfeilgerade und ohne zu schauen, zu Tim rennt. „Sarah! Warte! Scheiße!" Mein Kaffee tropft an mir herunter, meine Brezel liegt am Boden, meine Hose und die Decke ist mit Kaffee versaut, und Sarah? Sarah rennt zu Tim! Und vorhin erzählt sie noch, ich soll bei ihr, in ihrer Nähe bleiben! Meinte sie vielleicht, ich sollte an ihr dranbleiben? Hat sie das gemeint? Sei es drum. „Mensch Sarah! Warte doch! Verdammt echt!" Der Kellner hat das Theater natürlich bemerkt und steht nun neben mir. Na klasse, der fehlt mir gerade noch. Ich drücke ihm 20 Euro in die Hand und verabschiede mich mit einem: „Scusa. Donna!" Ich zucke mit den Schultern, als ob ich nichts dafür könnte. Kann ich ja auch nicht. Aber Sarah ist schon auf der anderen Seite der Straße und ich renne ihr nun hinterher. „Sarah! Jetzt warte doch!" Aber sie läuft in einem Stechschritt weiter, dass ich ihr nur näherkomme, wenn ich renne. Ich hole sie gerade ein, als sie das Boot erreicht. Sie stellt sich am Ufer direkt hinter das Boot, stellt ihre Beine etwas breiter als normal, stemmt ihre Hände in die Hüften, schlitzt ihre Augen, holt tief Luft und schreit: „Tim!" Tim fällt vor lauter Schreck seine Tasse aus der Hand. Er steht erschrocken auf und schreit zurück: „Sarah!" „In Ordnung, sie kennen sich.", denke ich mir. Dann kann es ja nur besser werden. Nebenbei bemerkt, seine Hose und seine Decke sieht jetzt genauso aus wie meine. Leichter Getränkeunfall.

„Was machst du denn hier?!?", schreien sich beide gleichzeitig an. Ich stehe dazwischen und höre es in Stereo. Aber Sarah legt sofort nach: „Tim! Was zum Teufel ist hier los?!? Was machst du hier? Was machst du auf dem Boot? Und warum gehst du nicht an dein beschissenes Handy? Und wann denkst du, dass du mir mein Auto wieder zurückgibst? Antworte!" „Geht nicht!" „Was?!? Was geht nicht?" „Ich komme nicht zu Wort!" „Tim! Sag mir sofort was hier los ist! Ich bin nicht zum Spaßen aufgelegt!" Jetzt wird Tim kleinlaut. „Sarah, es tut mir wirklich schrecklich leid, ich konnte es dir nicht erzählen. Aber, jetzt komm doch erst einmal rüber. Dann erkläre ich es dir." Er öffnet eine Mini-Türe am Bootsrand. Sie gibt den Zugang zu einer kleinen Brücke frei, die an einer Seite einen Handlauf hat. Auf der anderen Seite hat sie allerdings nichts. Kein Geländer, keine Kette, keinen Handlauf, einfach nichts. Betrunken darfst du über diese Brücke aber auch nicht gehen, schießt es mir in den Kopf. Sie liegt mit einer Seite auf dem Hafenrand und mit dem anderen Ende auf dem Boot auf. Sieht jedenfalls sehr wackelig aus. „Was ist hier für ein Geschrei?!?" Eine kleine Holztüre, hinten dieser Bootsterrasse, oder wie so eine Loggia genannt wird, öffnet sich. Eine Frau erscheint, sie kommt die Treppen hoch, aus dem Inneren des Bootes. Ich schätze mal in einem Alter, dass sie die Mutter von Sarah und Tim sein könnte. Sarah erkennt sie: „Die Frau auf dem Foto!" „Was hier für ein Theater ist, will ich wissen Timi, was brüllst du hier so herum?!?" „Elli! Entschuldige, ich wollte dich nicht stören! Aber meine Schwester ist gekommen!" „Deine was?!? Deine Schwester?!?" Sarah und ich wiederholen gleichzeitig: „Elli?" Tim sieht zwischen uns und dieser Elli hin und her. Er weiß gerade nicht, wem er zuerst antworten soll. „Ich, ich, also Moment. Einer nach dem anderen. Elli: Darf ich vorstellen: Das ist meine Schwester: Sarah. Sarah: Das ist Eleonora Romano." „Und wer oder was ist Eleonora? Ich will wissen was du hier für ein Spiel spielst verdammt!?!" „Sarah, bitte, ich kann dir alles erklären, aber gib mir fünf Minuten Zeit dazu! Bitte!" „Ihren Namen haben wir noch nicht erklärt bekommen", sagt Eleonora und zeigt auf mich. „Was spielt er für eine Rolle?!? Keine! Ich will wissen was mein Bruder mit ihnen zu schaffen hat! Wo mein Auto ist! Und was hier überhaupt los ist! Ich dachte, du wärst entführt worden! Und dabei sitzt du hier auf einem fetten Kahn und trinkst Kaffee!!! Kannst du mich mal bitte aufklären was hier zum Teufel vor sich geht?!?" Sarah ist sichtlich am Ende und es dauert nicht mehr lange, und sie klappt mir hier mit einem Kreislaufkollaps zusammen. Ich glaube, ich stelle mich am besten mal kurz selber vor. „Mein Name ist Niklas. Niklas Maurer. Ich bin Sarahs

Taxifahrer." Jetzt antworten Eleonora und Tim im Duett: „Taxifahrer???" Tim ergänzt noch: „Du bist mit dem Taxi hierhergefahren?" Dabei sieht er lachend Sarah in die Augen, zeigt mit dem Finger aber auf mich. Sarah hat aber gerade andere Sorgen, als mich den beiden zu erklären. „Tim, wenn du nicht sofort hier rüberkommst und dich erklärst, komme ich rüber zu dir! Und dann raste ich aber gewaltig aus! Das verspreche ich dir!" Sie zeigt dabei mit einer Hand auf den Boden, die andere stützt sich immer noch in die Hüfte. Tim ist sein dämliches Grinsen wieder vergangen. Er legt die mit Kaffee versaute Decke ab und dreht sich zu Eleonora. „Ich geh mal kurz zu meiner Schwester, ich muss ihr ein paar Dinge erklären. Bin aber gleich wieder hier. Versprochen." Er küsst sie dabei auf die Backe. Sarah und ich versteinern. Wir sehen uns an und sagen: „Die küssen sich!" Sarah setzt noch hinzu: „Die zwei sind ein Paar!" Tim kommt über den schmalen Steg zu Sarah und Tim führt Sarah ein paar Schritte von mir weg an eine kleine Bank. Die beiden setzten sich und ich höre wie Tim anfängt zu erzählen. Was Tim aber genau sagt kann ich nicht verstehen. Dazu murmelt er zu sehr. „Herr Taxifahrer! Möchten Sie einen Kaffee?" Kaffee! Mein Stichwort! Da kann ich einfach nicht *„Nein"* sagen. Besonders wenn der letzte sich in meine Hose gesaugt hat, anstatt dass ich ihn trinken konnte. Aber ehrlich gesagt, ihn über die Hose zu leeren, macht mehr wach als ihn nur zu trinken …

„Gerne. Ich denke, die beiden haben eine Menge zu bereden." „Ja, das glaube ich auch. Und Sie können doch sicherlich eine Tasse Kaffee vertragen,

nachdem Sie seine Schwester von Deutschland hierhergefahren haben. Sie sind tatsächlich Sarahs Taxifahrer?" „Ja, das bin ich. Zumindest am Anfang. Wir
sind ja nun schon seit knapp einer Woche unterwegs.
Seit Samstagabend um genau zu sein." „Donnerwetter. Da sind Sie aber schon sehr lange unterwegs."
„Ja, kann man so sagen." „Machen Sie solche Touren
öfter?" „Nein, eher nicht. Und ehrlich gesagt, eine
solche wie diese hier, habe ich jetzt auch zum ersten
Mal. Darf ich Sie etwas fragen?" „Bitte." „Sind Sie und
Tim ein Paar?" Frau Romano rührt ihren Kaffee und
sieht dabei in ihre Tasse. Nach einer Pause sagt sie:
„Viele würden das so bezeichnen, ja. Viele würden es
verneinen. Was es wirklich ist, geht einen Taxifahrer
erstens nichts an und außerdem dann doch etwas zu
weit." Oha! Diese Frau und ich werden in diesem
Leben keine Freunde mehr! So viel steht jetzt schon
fest! Jetzt steht Sarah von der kleinen Bank auf und
stellt sich vor Tim. Jetzt können wir sie auch problemlos hören was sie zu Tim sagt. Oder vielmehr schreit:

„Du hast dir eine reiche, alte Italienerin geangelt!?! Und die Italienerin stopft dich mit Kohle?!?
Und weil du, weil du dich für sie schämst bist du ge-
türmt?!? Und ich mache mir wie eine Wahnsinnige
Sorgen bis zum verrückt werden, weil ich glaubte,
dass du entführt wurdest?!? Wegen, wegen einer
reichen, alten, Italienerin? Also wegen nichts?!? Wegen verdammt nochmal gar nichts??!!??" Sarah wird
dabei von Satz zu Satz lauter. Sie schreit Tim an, dass
man es im ganzen Hafen hören kann. Zumindest hallt
es von den Häuserwänden deutlich zurück.

Tim können wir jetzt auch hören, auch er steht jetzt auf.

„Das ist nicht ‚Nichts.' Wir lieben uns! Und ich habe mich nur noch nicht getraut Papa, Mama und dir das zu sagen. Was sollte ich denn machen? Wenn Papa das erfährt, der, der bringt mich ja um! Sie ist fast so alt wie er! Sie könnte seine Schwester sein! Aber ich liebe sie! Und sie mich auch!"

Jetzt werden sie wieder leiser und wir verstehen nur noch Fetzen von dem was sie sagen. Leider. Eleonora rührt in ihrer Tasse und stellt sich taub. Ich könnte meinen, sie hätte wirklich nichts gehört. Aber das kann nicht sein. Die beiden waren gerade so laut, das haben die auf dem fünften Boot hinter uns auch noch verstanden! Sarah und Tim reden noch sicherlich 15 Minuten weiter. Eleonora und ich wechseln kein Wort mehr. Was soll ich mit dieser fremden Frau auch reden. Erstens hält sie von mir schlichtweg überhaupt nichts, und schließlich bin ich ja nur der Taxifahrer ihres jungen Liebhabers seiner Schwester. Also keine Verbindung zu ihr. Zumindest keine Nennenswerte. Zum anderen hat die mehr Geld im Monat zur Verfügung, als ich im Taxi bis zur meiner Rente verdienen werde! Gemeinsame Interessen oder Hobbys schließe ich einfach auch aus und so bleibt es bei dem gemeinsamen Kaffee im Kreis herumrühren als einzige Gemeinsamkeit.

Von meinem Sitzplatz hier auf dem Boot, sehe ich Sarah und Tim wie sie sich wild gestikulierend unterhalten. Plötzlich steht Sarah auf und läuft im Stechschritt von Tim weg in meine Richtung. „Niklas! Komm! Ich muss hier weg!" Sie läuft ohne langsamer zu werden weiter Richtung Taxi. Ich stelle meine Tasse auf den Tisch und ohne Eleonora anzusehen verabschiede ich mich. „Sie entschuldigen mich bitte. Vielen Dank für den großzügigen Kaffee. Er war sehr lecker. Ich empfehle mich. Auf Wiedersehen." Noch mehr spießige Worte sind mir zur Verabschiedung auf die Schnelle nicht eingefallen. Ich wackle über den schmalen Steg zurück auf den Hafenboden, nicke Tim kurz zu und laufe zügig Sarah hinterher. Sie lehnt bereits an meinem Taxi. Mit einer Hand am Türgriff wartet sie, dass ich aufsperre. „Wo bleibst du? War der Kaffee lecker? Konntest dich nicht mehr trennen von ihr, was? Bist du jetzt auch noch ihr Liebhaber?" Oha, na da habe ich keine weiteren Fragen. Und auf ihre Fragen gehe ich erst gar nicht ein. Das hat in diesem Moment eh keinen Zweck. Ohne zu antworten schließe ich mein Taxi auf. Wir setzen uns hinein, ich starte den Motor und fahre rückwärts aus der Parklücke. Als ich wieder stoppe und vorwärts wegfahren möchte, sehe ich wie Tim gerade durch die frei gewordene Parklücke auf uns zu läuft. „Halte ja nicht an!" zischt mich Sarah an. „Niklas! Hast du gehört?!? Wenn du jetzt stehen bleibst, rede ich nie wieder ein Wort mit dir!" Ich gebe Vollgas und fahre nur knapp an Tims Füßen vorbei.

22 – Florenz!

Achter Tag. Samstagnachmittag.

Nachdem ich nur knapp an Tims Füßen vorbeigefahren bin, fahre ich aus dem Dorf hinaus. Aber das kleine Fischerdorf ist sehr überschaubar und so dauert es nicht lange, bis wir wieder an dem Ortsschild sind, an dem wir heute Morgen schon vorbeigefahren sind. Kurz nach dem Ortsschild halte ich wieder auf dem Parkplatz, ebenfalls der von heute Morgen. Kaum den Motor abgestellt, reißt Sarah ihre Türe auf, steigt aus, knallt die Türe wieder zu, und steckt sich eine Zigarette an. An dem Parkplatz sind zwei Sitzbänke mit einem Tisch. Sie sind aus massivem Stein. Sarah setzt sich dort längs auf eine der Bänke, und starrt in die Ferne. Ich steige jetzt auch aus, setze mich zu ihr an den Tisch und zünde mir auch eine an. Kurz darauf drückt sie ihre erste Zigarette aus und zündet sich gleich eine zweite an. Es dauert eine Weile, bis Sarah etwas sagt. „Weißt du was der mir allen Ernstes versucht hat zu erzählen? Dass die beiden sich lieben! Ist denn das zu fassen?" Sie zieht an ihrer Zigarette und macht eine Redepause. Ich antworte nichts. Ich denke, es wird sowieso gleich alles aus ihr herausplatzen. Es kann nicht mehr lange dauern. Ich sehe es ihr an. Nein, ich dränge sie nicht. Soll sie doch einfach erzählen, was ihr gerade durch den Kopf schießt. Im Moment herrscht in ihrem Kopf eh ein komplettes durcheinander. Sie zieht noch einmal an ihrer Kippe, stößt eine Rauchwolke in die

Luft und dann geht es los! Alles was ihr durch den Kopf schießt, scheint sie aus sich herausbrüllen zu müssen: „Pah! Er liebt sie! Und sie liebt ihn! Wenn ich das schon höre! Sie bekommt wahrscheinlich keinen mehr ab, also hat sie sich einen jungen Burschen geangelt! Und er wird dafür mit Kohle gestopft! Und das auch noch mit meinem kleinen Bruder! Pfui Teufel! Wenn ich nur daran denke! Wie pervers ist das denn?!? Weißt du was noch?!? Diese teuren Partys und das alles mit den geliehenen, teuren Autos, das hat alles SIE finanziert! Alles! Und ich dachte er hätte sich das alles von irgendwelchen Geldhaien geliehen! Nein! Die alte Italienerin stopft ihn mit Kohle bis er überläuft! Und er spielt ihren Hampelmann! Gegen Bezahlung! Kannst du dir das vorstellen? Mein Bruder! Ein bezahlter Callboy! Und ich Trottel fahre mit einem Taxi von Deutschland bis nach Italien, um ihn aus den Fängen der italienischen Geldmafia zu retten! Und das wiederum auch nur, weil er mein Auto hat und es mir nicht zurückgibt! Weil er ja lieber mit dieser alten Schrulle auf dem Schiff seine Zeit verbringt! Wenn ich nur daran denke! Oooooooorrrrch, ich könnt echt ein ganzes Fahrrad kotzen, so sauer bin ich! Und dann hat er nicht einmal genug Eier in der Hose, um zu ihr zu stehen! Er wollte es nicht erzählen, weil er sich schämt! Aber die Kohle einstreichen! Dafür schämt er sich nicht! Mir Sorgen zu machen, und mit meinem Auto über Monate nach Italien verschwinden, dafür schämt er sich auch nicht!" Sarah ist nicht mehr zu bremsen. Ich warte bis sie ihren Frust abgelassen hat und strecke ihr noch eine weitere Zigarette zu. Aber sie will keine mehr. „Ach ja, und an sein Handy ist er nicht mehr rangegangen, weil es ihm ins Meer gefallen ist! Ins Meer! Das kann glauben wer will, ich aber nicht! Was denkt er sich eigentlich, wie so etwas auf Dauer aussieht?!? Dass die ganze Familie irgendwann bei ihm zur Hochzeit erscheint? Die italienische Mafiafamilie und die deutsche Unternehmerfamilie? Pah! Und was schenkt man einem Paar wie den beiden? Für sie vorsorglich einen Sarg und für ihn einen Gutschein für ein Bordell?!? Wenn das Papa erfährt! Dann ist aber etwas los! Das kann ich dir versprechen!" Sarah hat sich komplett in Rasche geredet und ist auf 180. Sie ist dabei zu ihrer Höchstform aufgelaufen. Ich bleibe still. Ich schätze, jedes Wort, das ich sagen würde, würde Sarah noch weiter auf die Palme treiben. Jetzt zündet sie sich doch noch mal eine an. Die dritte in Folge. Sie schnaubt noch einmal vor sich hin, steht auf und läuft den Parkplatz auf und ab. Ich sehe ihr dabei in die Augen. Was sie sagt, bekomme ich nicht alles mit. Immer mehr bin ich von dieser Frau fasziniert. Und gerade, wenn sie sich so aufregt, sieht sie noch ein wenig süßer aus als sonst. Dabei murmelt sie vor sich hin: „Ich glaube das nicht, ich glaube das einfach nicht! Was bildet der kleine Idiot sich nur ein?!? Der spinnt doch völlig!" Ich lasse sie weiterlaufen. Noch. Ich warte fünf Minuten, dann stehe ich auch auf, stelle mich ihr in den Weg und halte nur meine Arme auf. Sie lässt sich dankend an mich fallen. Ich halte sie einfach nur fest. So stehen wir auf dem Parkplatz. Sicherlich noch weitere zehn Minuten. „Sarah?" „Ja?" „Geht's wieder?" „Fast." „Etwas Gutes hat es aber doch." „Ach ja? Ich weiß nicht, was daran gut sein soll? Mein kleiner Bruder ist für Geld das Bettspielzeug einer alten, reichen Italienerin geworden." Ich versuche langsam, tief und ganz ruhig zu sprechen. Eben möglichst beruhigend. „Er hätte wirklich in Gefahr sein können. Verletzt, gefoltert, und wer weiß was noch alles. Natürlich ist es krass, was er da macht. Aber er macht es freiwillig, und es tut niemandem weh. Ich meine, außer sich selber schadet er damit niemandem. Ob das richtig ist oder nicht, das ist eine andere Frage. Klar. Aber ich bin froh, dass es, in Anführungszeichen, nur eine Bettgeschichte ist. Wenn auch eine häßliche Bettgeschichte. Aber lieber so, als dass wir ihn in irgendeinem Krankenhaus oder vielleicht sogar in einer Leichenhalle hätten besuchen müssen. Ich weiß, das klingt jetzt krass und kalt, aber alles in allem, haben wir mit viel schlimmeren Dingen gerechnet, als jetzt herausgekommen ist." Sarah antwortet nicht. Sie liegt weiter in meinen Armen und lehnt sich an mich. Sie seufzt ein paar Mal tief durch. Minutenlang stehen wir noch so da, ehe sie antwortet. „Niklas? Du hast recht. Es ist beschissen, wie es ist. Das möchte ich überhaupt nicht weiter kommentieren. Das ist seine Entscheidung. In erster Linie muss er damit klarkommen. Aber es ist nicht so schlimm, wie wir erst dachten. Da hast du recht, das stimmt. Der erste Schock saß einfach ziemlich tief. Es hat mich getroffen. Aber, es hätte viel Schlimmeres passieren können. Daran möchte ich erstrecht nicht denken." Sie macht eine Pause. „Komm, lass uns weiterfahren, in dieses Kaff möchte ich nicht noch einmal. Erstens leeren die einem den Kaffee über die Hosen, und auch sonst gab es nichts, was mich noch mal hierherziehen würde. Gell?" „Das mit dem Kaffee im Hafen! Da habe ich noch etwas gut bei dir, das ist dir schon klar, was? Du bist losgerannt als ob der leibhaftige Teufel hinter dir her gewesen wäre! Fast schon, wie von der Tarantel gestochen, hast mir dabei den Kaffee über meine Hose und über die Decke geleert, und bist einfach weiter gerannt! Ohne zu gucken was passiert ist! Du hast dich einfach, zack zack, aus dem Staub gemacht! Wie von einem Blitz getroffen bist du über die Straße gerannt und warst weg! Weiß du wie blöd der Kellner und ich aus der Wäsche gekuckt haben?!?" Sarah hält sich vor Lachen die Hand vor den Mund. Wir setzen uns wieder auf die Sitzgruppe und amüsieren uns über die ganze Geschichte, die eben im Hafen passierte. Sie lacht sich schlapp, wie ich ihr erzähle, was die Eleonora für Kommentare über mich hatte, dass ich ja nur der Taxifahrer bin und so. Und sie erzählt, was sie dem armen Tim noch alles an den Kopf geworfen hat im Streit. Wir reden noch weiter und lachen noch eine kleine Ewigkeit, ehe plötzlich ein frischer Wind uns unterbricht, uns aus unseren Gedanken reißt. „Niklas? Lass uns jetzt bitte verschwinden von hier." „Gerne, komm, wir fahren!"

An der Ausfahrt des Parkplatzes, fällt mir etwas auf. „Du, Sarah?" „Ja?" „Seit du in mein Taxi gestiegen bist, hast du immer bestimmt, wo das nächste Ziel ist. Und bis jetzt, bist du immer noch mein Fahrgast. Also, wie lautet das nächste Ziel?" „Florenz!" „Was? Florenz?" „Ja! Florenz!" „Was zum Henker machen wir in Florenz?" „Einkaufen!" „Einkaufen?!? Was kaufen wir denn? Brauchen wir etwas?"

„Klamotten! Shopping! Nach dem Schock mit meinem Bruder, muss ich jetzt dringend einkaufen!"

23 – Die Einkaufstortur

Achter Tag. Samstagabend.

Die Straßen sind immer noch wie leergefegt. Fast schon wie auf der ganzen Reise. Wir können es also wieder zügig angehen. Ein Glück. Da Florenz genau auf unserem Rückweg liegt, muss ich keinen Umweg fahren. Und so sind wir noch nicht einmal zwei Stunden unterwegs, und schon sind wir in der wunderschönen Stadt Florenz angekommen. Das Wetter ist nach wie vor wie aus einem Bilderbuch. Blauer Himmel, Sonnenschein und nur ein paar Wolkenfetzen sind am Himmel zu sehen. Während der Fahrt amüsieren wir uns noch darüber, was Tim sich wohl noch alles von Eleonora anhören muss. Denn das Geschrei heute Morgen, von Sarah und Tim im Hafen, das hat sie in jedem Fall auch mitbekommen. Daran gibt es keinen Zweifel. Auch wenn sie so getan hatte, als wenn sie davon nichts gehört hätte. Zum Beispiel, dass er sich für sie schämt, weil sie so alt wie sein Papa ist und so weiter. Ich denke, da ist noch nicht das letzte Wort gesprochen zwischen den beiden. Und ehrlich gesagt, möchte ich da nicht dabei sein, geschweige denn in Tims Haut stecken.

Wir fahren die letzten Kilometer eine Straße mit Serpentinen hinunter nach Florenz, und schon kurz darauf sind wir mitten in der Stadt. „Och, Niklas, sieh mal die kleinen Boutiquen! Da muss ich rein!" „Sarah, lass uns bitte erst nach einem Zimmer sehen. Heute werden wir sicher nicht mehr zurückfahren, also werden wir hier noch ein letztes Mal übernachten müssen. Morgen früh fahren wir dann in einem Rutsch durch bis nach Hause. Wenn wir ein Zimmer haben, kannst du gerne sämtliche Ramschläden auf den Kopf stellen, ja?" „Ramschläden? Das ist doch kein Ramsch! Wir sind hier in Florenz! Nicht in einer Hinterhof-Kopierwerkstatt für Designerklamotten in Nah-Ost! Hier ist das Original Zuhause!" „Ist ja schon gut, aber ein Zimmer bitte vorher. Und danach können wir meinetwegen nach dem Original-Ramsch sehen, ja?" Zack, und schon wieder habe ich eine kleine Prizessinnenfaust in den Rippen. „Sag nicht Ramsch! Das ist feinste, italienische Handarbeitskunst!" „Au! Ja, ist ja gut. Dann eben das. Ah, sieh doch, wie wäre es mit diesem Hotel? Das sieht doch ganz gut aus." „Das da? Aber sonst geht es dir noch gut, was? Das ist die volle Absteige! Guck doch, da blättert ja schon der Putz von der Wand! Was glaubst du, wie es dann erst innen aussieht?" „Meinetwegen. Dann eben nicht." Aber nur kurz darauf: „Wir nehmen das hier!" „Welches?" „Na das hier! Hier drüben auf der rechten Seite! Das ist schnuckelig! Und ganz in der Nähe der Boutiquen!" Sie hat recht. Das sieht wirklich viel besser und auch viel gepflegter aus. Und ich muss nicht so weit bis zu den Geschäften laufen. Dachte ich jedenfalls. Aber in dem Moment wusste ich auch noch nicht wie „toll" Sarah shoppen kann …

Das Zimmer war sehr geschmackvoll eingerichtet und auch noch sehr großzügig aufgeteilt. Viel größer jedenfalls, als ich es von außen vermutet hätte. Alleine in dem Badezimmer könnten sich vier auf einmal um das Waschbecken tummeln. Selbst in der

Dusche hat man problemlos zu zweit Platz. Überhaupt, die Dusche! Toll! Keine Duschwanne, einfach den Boden mit den Fliesen weiter bis in die Dusche gefliest, mit einem Ablauf hinten an der Wand. Nur mit einer festen Glasscheibe, seitlich von dem Raum getrennt. Außerdem mit Regendusche und einer Art Hochdruckreiniger, der seitlich von allen Seiten sprüht. Eine kleine Erlebnisdusche. „Sarah, hast du die Dusche gesehen? Die will ich heute noch testen!" „Nein, habe ich nicht. Kannst du aber gerne machen, gleich nachdem wir in der Stadt beim Bummeln waren! Und außerdem müssen wir dann erst noch sehen, ob du dich nicht wieder in irgendeinem Straßencafé von einem Sascha oder so, wieder abfüllen lässt. Denn dann brauchst du auch nicht mehr in die Dusche!" Dabei lacht sie mich ziemlich frech aus. Hm, dann eben doch erst zum Einkaufen. Egal. „In Ordnung, bist du so weit?" „Ja, wegen mir können wir los."

 Wir schlendern wieder Arm in Arm durch die Straßen. Sarahs Welt scheint wieder in Ordnung. Sie lacht wieder viel, wir reden über vieles und nichts, die Sonne scheint uns in das Gesicht, wir albern herum und amüsieren uns über jeden noch so kleinen Kram. Wieder ist es einer der Momente, der für mich ewig gehen könnte. Was will ich mehr? Die schönste Frau im Arm, das tollste Wetter und das Ganze in Florenz! Für den Augenblick, bin ich der glücklichste Mann der Welt. Es ist einfach perfekt. Allerdings kommen wir jeweils nicht sehr weit. Sarah ist wie besessen von den kleinen Geschäften hier in der Stadt, und lässt keine der Boutiquen aus. In jeder könnte das ultimative Kleidungsstück, Handtasche, Schuhe oder sonstiges zu finden sein, erklärt sie mir. Ausführlich! Und nicht nur das! Sie findet in fast jedem Geschäft auch eine Kleinigkeit. Und wenn es nur ein kleines Schmuckstück ist. Aber sie findet nicht nur etwas für sich, nein, sie zieht mich auch in Herrengeschäfte, und sie lässt es sich nicht nehmen, für mich das eine oder andere zu finden und zu kaufen. Und sie besteht darauf, dass ich es annehme.

So vergeht der restliche Tag wie im Flug. Wir bemerken kaum die Stunden, die wir in den Läden und Geschäften verbringen. Erschöpft und mit einem kribbeln in den Fußsohlen von der ewigen Lauferei und mit gefühlten 100 Tüten und Taschen stelle ich fest, dass es inzwischen nicht nur dunkel geworden, sondern es auch schon spät am Abend ist. Die unzähligen Taschen, Tüten und Beutel sind meine stillen Zeugen, eines erfolgreichen Einkaufes! „Sarah! Weißt du was? Schluss für heute. Wir bringen die Taschen in das Hotel und dann werde ich dich heute Abend zum Essen einladen. Es wird unser letzter Abend hier in Italien werden, und ich finde, wir sollten ihn, zumindest ein wenig, feiern gehen. Findest du nicht?" „Danke! Das ist lieb von dir. Und auch eine sehr gute Idee. Wir müssen jetzt dann sowieso aufhören mit dem Einkaufen. Sonst müssen wir uns noch einen Taschenträger dazu nehmen, der dir beim Tragen von dem ganzen Zeug hilft. Warum musstest du unbedingt so viel einkaufen? Du bekommst ja schon lange Arme!" „Ich?!? Ich musste einkaufen?!? Was?!? Wer von uns beiden wollte unbedingt hierher nach Florenz zum Einkaufen?!?" Und schon lacht sie mich wieder aus. „Voll reingefallen! Du bist echt süß!" Sie küsst mich auf meine Backe während ich mit vollen Händen da stehe wie bestellt und nicht abgeholt. Ich habe nicht einen einzigen Finger frei um noch etwas anhängen zu können, es zieht mir meine Arme lang, und die macht Scherze auf meine Kosten! Na warte. Eine kleine Rache fällt mir bestimmt noch ein. Wenn ich nur nicht so verrückt wäre nach ihr ...

Im Hotel machen wir uns bereit ein letztes Mal gemeinsam hier in Italien zum Essen zugehen, und ziehen natürlich gleich unsere neuesten Errungenschaften an. Das sieht auch gleich viel besser aus als die alten Klamotten aus unseren Taschen. Außerdem haben die jetzt sowieso erst mal eine Waschmaschine nötig. Herausgeputzt machen wir uns auf den Weg, ein Restaurant zu finden. Es geht ein frischer, aber angenehmer Wind durch die Straßen und wir beide sind inzwischen richtig hungrig. „Niklas, zum Glück waren wir Klamotten einkaufen, in meinen alten schäbigen Fetzen wäre ich mit dir in kein Restaurant gegangen." „Glaubst du, du hättest eine Wahl gehabt? Ich hätte dich in JEDER Klamotte mitgenommen! Und wenn du in deinem Nachthemd gegangen wärst! Das wäre mir völlig Wurst gewesen." „Ehrlich? Du würdest mich zum Essen ausführen, selbst wenn ich nur ein Nachthemd anziehen würde?" „Ja, selbst dann! Denn an dir sieht einfach alles fantastisch aus. Zumindest das was ich schon an dir sehen konnte." „Du alter Schmeichler!" Nach nur wenigen Schritten nimmt mich Sarah in den Arm und wir gehen miteinander die Straße entlang als seien wir schon seit Jahren ein Paar. Für jeden Fremden, der uns laufen sieht, dürfte das Sonnenklar sein. „Niklas?" „Ja?" „Kann ich offen mit dir sprechen? Aber du darfst mich nicht auslachen, ja? Das ist mir wirklich ernst!" „Natürlich, versprochen! Was ist denn?" „Ich, ich wollte, ich wollte dir noch etwas, ich meine, ich, …" „Was ist? Du stotterst ja?!?" „Ach weißt du, eigentlich ist es überhaupt nichts. Ich wollte eigentlich doch nichts sagen. Vergiss es wieder!" „Was soll ich denn vergessen?!?" „Nichts, bitte, lass es gut sein, ich wollte wirklich nichts sagen." Nach diesem Satz herrscht zwischen uns beiden erst einmal für einige Minuten Schweigen. Was zum Teufel wollte sie mir sagen? Ihr liegt etwas auf dem Herzen und sie traut sich nicht es mir zu sagen! Ich bin mir sicher! Na warte, du süße, kleine Teufelin! Vielleicht lockert das eine oder andere Glas Wein heute Abend deine Zunge. Ich weiß, das ist zwar ein teuflischer Plan, und nicht ganz die feine Art, aber wenn nicht ein teuflischer Plan für eine kleine Teufelin, was denn dann?!?

Mehr so ganz beiläufig frage ich Sarah nach einigen weiteren Minuten: „Sag mal, was trinkst du eigentlich sonst so? Ich meine, wenn du nicht gerade einen Kaffee oder Wasser trinkst? Magst du auch Wein? Ich frage nur, weil wir hier in einer besonders guten Weinregion von Italien sind." „Oh ja! Ich liebe Wein! Aber eher die lieblichen, die trockenen kann ich nicht leiden." „Trinkst du lieber einen Roten oder einen Weißen?" „Einen Roten. Aber ich habe auch schon Weißweine getrunken, die richtig lecker waren. Warum fragst du?" „Na, dass ich weiß was ich heute Abend bestellen kann."

Wir schlendern durch die Gassen und stöbern an den Schaufenstern die Artikel und die Dekorationen. Was es hier alles gibt! Ich bekomme das Gefühl, es gibt hier alles, und das auch noch völlig durcheinander. Von den Lebensmitteln über Staubsauger bis zu den Waschmaschinen und Autoersatzteilen. Es findet sich in den Schaufenstern einfach alles was man sich so denken kann. Plötzlich bremst mich Sarah: „Niklas! Sieh mal! Das sieht doch wirklich hübsch aus! So niedlich! Jetzt sieh doch mal, sieht das nicht total süß aus? Lass uns dort nach einem Tisch fragen!" Sarah hat in einer Seitengasse ein kleines Restaurant entdeckt, das wirklich einen goldigen und urgemütlichen Eindruck macht. Sie zerrt mich an meiner Hand in diese kleine Gasse. „Komm, bitte! Lass uns dort nach einem Tisch fragen!" „Ja, ich komme ja schon." Willig lasse ich mich von Sarah an die Türe ziehen. „Komm, die haben geöffnet! Ich frag gleich mal!" Sie löst sich von meiner Hand und öffnet die Türe. Kaum sind wir eingetreten, begrüßt uns ein kleiner, dicker Herr mit Schnauzbart: „Bonasera, due Persone? Prego!" und schon marschiert er los an einen kleinen, freien Tisch und wirft sofort eine rot weiß karierte Tischdecke über den Tisch für zwei Personen. Er steht in der Ecke des Raumes, etwas abseits von den anderen Tischen in einer kleinen Nische. Im gleichen Zug zieht er aus dem Regal an der Seite eine kleine Vase, und stellt sie mit zwei niedlichen Blümchen und einer kleinen Kerze darauf. Ebenso schnell zieht er aus seiner Hosentasche ein Feuerzeug und zündet die Kerze an. Als nächstes zieht er einen Stuhl etwas zurück, zeigt mit seiner offenen Hand darauf, und sagt nochmals: „Prego!" Diese Handgriffe sind so schnell passiert, das war ja Akkordarbeit! Und wir haben noch kein Wort gesagt! Was, wenn wir nur nach einer Toilette fragen wollten? Egal. „Grazie, mille grazie!" Er nimmt Sarah ihre Jacke ab und mir meine auch gleich. Sarah und ich nehmen Platz. Wir sitzen uns gegenüber. Doch bevor wir richtig Platz genommen haben, haben wir schon die Speisekarten vor uns liegen und werden gefragt, was wir trinken möchten. „Entschuldigung, sprechen sie deutsch?" „No Problema, momento per favore!" Er verschwindet hinter dem Tresen und unterhält sich mit einem jungen Kollegen, der gerade Gläser poliert. Der wirft gleich danach sein Handtuch dem ersten Kellner über die Schulter, lächelt ihn an und sagt ebenfalls etwas zu ihm. Vermutlich wünscht er ihm viel Spaß beim weiterpolieren der Gläser. Jedenfalls kommt er zu uns und fragt uns, ob er die Getränke schon aufnehmen darf. Darf er. Natürlich! Ich bestelle uns einen lieblichen Rotwein und kann mir ein leichtes Grinsen nicht ganz verdrücken. Aber Sarah hat im Moment nur Augen für die Speisekarte. Sie murmelt in einer Tour vor sich hin, so Dinge wie: „Och, das hört sich auch gut an, die haben sogar …, mich würde beides anmachen, ob ich auch statt dies auch das dazu bestellen kann." Usw. Was man eben alles so murmelt, wenn man mit Hunger eine Speisekarte durchliest. Nicht wahr?

    Wir haben uns leckere Dinge ausgesucht und bestellt, und warten bis sie bald serviert werden. Sarah wirkt gelöst, als ob sich die Anspannungen der letzten Tage gelockert hätten. Entweder ist es wirklich die Mammut-Einkaufstortur heute, der kurze Moment hier im Restaurant, oder die Erleichterung über das wissen, wo sich ihr Bruder Tim gerade befindet. Schwer einzuschätzen. Sie erzählt von ihrer Arbeit im Büro, von Kolleginnen und Kollegen und von ihren Aktionen mit ihrem Bruder zusammen als Kinder. Auch ich erzähle von mir und von früher. Wir reden und reden, und nebenbei habe ich uns eine zweite Flasche von dem wirklich tollen Rotwein bestellt. So ganz nebenbei. Ich vermute Sarah hat es in ihrem Redefluss nicht einmal bemerkt. Vielleicht rückt sie ja noch heraus mit ihrem Geheimnis. Was auch immer sie gemeint hat mit ihrer Andeutung vorhin auf der Straße.

Der junge Kellner serviert uns den Nachtisch und schenkt uns von dem Rotwein nach. „Sag mal, du hast eine zweite Flasche bestellt? Das habe ich überhaupt nicht mitbekommen." „Ja, ich finde ihn klasse, und dir schmeckt er auch gut, oder?" „Doch, der ist wirklich gut. Nur spüre ich ihn so langsam." „Du brauchst dir keine Gedanken machen über das Fahren, heute wird eh zurückgelaufen." „Stimmt, wir müssen ja überhaupt nicht fahren! Na dann, prost!" Wir stoßen an.

Auch der Nachtisch war vorzüglich. Es war Vanilleeis mit einer Art Blätterteig. Ich kannte es nicht, aber wir beide fanden es zum niederknien herrlich lecker! So wie die anderen Gänge auch schon. Einfach köstlich hier und: herrlich romantisch!

Inzwischen schenkt uns der junge Kellner die dritte Weinflasche ein, und räumt bis auf unsere

Weingläser den Tisch wieder ab. Sarah beugt sich etwas zu mir vor, stützt sich auf ihre Ellenbogen und nimmt ihr Weinglas zwischen ihre Finger. Sie sieht verträumt in den Rest ihres Weinglases und dreht es dabei leicht im Kreis. „Du, Niklas, da ist noch etwas, etwas, das ich dir sagen möchte. Ich, ich weiß nicht genau wie ich anfangen soll." Sie stockt in ihrem Satz. Oha, kommt jetzt die Fortsetzung von vorhin? „Sarah, sag es so wie du denkst, ich höre dir zu." Ihr Blick, wie sie mir in die Augen sieht, da fange eher ich zum Stottern an. Sie sieht wieder in ihren Wein und dreht das Glas. „Ich, ich möchte dir, ich möchte dir nochmal danken. Du bist, wie soll ich sagen? Du bist für mich viel mehr, viel, viel mehr geworden als nur mein, und das klingt jetzt echt blöd, aber du bist viel mehr geworden als nur ‚*mein Fahrer'* denn," Sarah rückt nicht am Stück mit der Sprache heraus. Es fällt ihr offenbar schwer zu sagen, was sie sagen möchte und sie stockt immer mehr beim Sprechen. Ich unterbreche sie nicht, halte meinen Mund, und hoffe, dass sie weiterspricht. „Denn, ich habe dich echt gerne, sogar, sehr gerne. Ich fühle mich so leicht, irgendwie ist alles ist so leicht wenn du in meiner Nähe bist. Jedenfalls, seit du in meiner Nähe bist. Oder zumindest, seit ich an dem Taxistand, in dein, och man, na eben in dein Taxi gestiegen bin. Zum Beispiel, als wir an der Grenze getrennt wurden, ja? Da hatte ich plötzlich einen Kloos im Hals. Einen Kloos, den ich nicht schlucken konnte! Es war schlagartig eiskalt in den Räumen! Ich fühlte mich hilflos und alleine gelassen! Ich wollte, ich wollte wieder zu dir! Nein, ich MUSSTE wieder zu dir! Musste wieder an deiner Seite sein! Und als ich wieder in deinem Arm liegen konnte, da ging es mir wieder richtig gut! Ich war plötzlich wieder erleichtert, und ich wusste, jetzt geht es wieder weiter. Verstehst du?" Ich sehe sie an und nehme ihre Hände in die meine. Sie blickt jetzt hoch und mir direkt in die Augen. In mir kribbelt es plötzlich und die bekannte, wohlige Wärme steigt wieder in mir auf. Und ich meine, in ihren Augen dasselbe sehen zu können. „Niklas, bitte verstehe mich nicht falsch, ich möchte dich nicht verlieren, nein, falsch, das wollte ich so nicht sagen. Das hörte sich jetzt völlig blöd an. Aber ich, ich weiß einfach nicht was das ist. Da ist etwas, das ist, etwas, etwas entstanden. Ich kann es doch auch nicht sagen, och man, ich finde keine richtigen Worte! Jetzt helfe mir halt endlich!" Ich muss grinsen und versuche sie zu beruhigen: „Sag was du denkst, was du fühlst. Ich werde dich nicht auslachen und ich werde es auch niemandem verraten. Versprochen!" Sie sieht mir tief in die Augen und eine Träne kullert ihr über ihre Wange. „Niklas, ich mag dich wirklich, wirklich sehr, nur, ich habe noch nie bei jemandem so viel Vertrauen gespürt wie bei dir. Du bist für mich, ich kenne mich so einfach nicht. Ich habe noch nie in meinem ganzen Leben bei jemandem, oder besser gesagt bei einem anderen Mann, so etwas gespürt wie bei dir. Versteh mich doch bitte, ich weiß einfach nicht wie ich es beschreiben soll. Ich glaube, ich glaube ich bin, ich glaube ich bin in dich …" Mein Puls fängt nicht nur an zu rasen, nein! Ich meine ihn sogar schon in meinen eigenen Ohren hören zu können. Fühlt sie das auch? Dieses kribbeln im Bauch, wenn sie in meiner Nähe ist? Wenn sie mich anlacht? „Bitte! Red weiter!" „Niklas, du versuchst es mir echt leicht zu machen, und trotzdem fällt es mir so unglaublich schwer, ach, wenn du mich doch nur verstehen könntest." Was? Was sagt sie denn da? Man! Ich verstehe sie! Ich verstehe sie sogar sehr gut! Jetzt oder nie! Ich bin hier der Mann! Ich werde es ihr einfach sagen! So wahr wie ich hier sitze! Man kann schließlich über alles reden! Das hat mir meine Oma schon immer gesagt!

„Sarah, ich denke, ich weiß was du mir sagen willst, und ich, ich wollte es dir auch schon lange sagen, ich bin, ich meine zumindest, dass ich, also ich denke auch ..." Mensch! Niklas! Sei kein Weichei! Sag was du sagen willst! Ich schimpfe mal wieder mit mir selber. Und das nicht zum ersten Mal, seit ich mit Sarah unterwegs bin. „Du möchtest mir etwas sagen?" „Ja. Möchte ich. Aber mir geht es wie dir und ich bringe es nicht fertig." „Denken wir beide das Gleiche?" Sarah sieht mich mit fragenden, großen Augen an. Verdammt. Eigentlich wollte ich doch, dass ich sie dazu bringe, das zu sagen was sie fühlt, äh, ich meine, das sagt was sie denkt. Ist sie in mich verliebt? „Sarah, mir geht es genauso wie dir. Ich meine, wenn du in meiner Nähe bist, dann, fühle ich mich wie ein, ein besserer Mensch! Wenn du in meiner Nähe bist, dann möchte ich ein besserer Mensch sein! Du machst etwas, du löst etwas in mir aus, dass ich ein besserer Mensch werden möchte! Für dich! Wie kann ich das noch besser beschreiben? Ich weiß auch nicht."

Danach herrscht erst einmal Schweigen. Wir halten uns an den Händen und sehen uns in die Augen. Es fehlt nicht viel, und ich fange an zu weinen, so sehr bin ich innerlich aufgewühlt. Und dann kommt, was kommen musste. Sarah sieht mich mit fragenden Augen an: „Niklas, liebst du mich?" Scheiße! Jetzt ist es so weit! Aus der Nummer komme ich nicht mehr heraus! Diese Frage musste ja so kommen!

„Sarah, ja. Ich glaube ich bin ich dich verliebt! Nein, ich meine natürlich nicht, dass ich das nur glaube! Ich bin mir sicher! Ich bin, ich bin verrückt nach dir! Wenn du bei mir bist, dann, dann, dann ist einfach alles gut! Ich mache mir keine Sorgen, meine kompletten Alltagssorgen sind wie, wie, weggeblasen, es ist einfach alles, alles super, wenn ich dich im Arm haben darf! Es wird alles viel leichter. Mit dir an meiner Seite, sind alle Ängste und Befürchtungen wie weggeblasen, ich fühle mich wie ein Vogel, wenn er abhebt." So! Jetzt ist es raus! Es ist ausgesprochen! Ich habe ihr mein Herz geöffnet! Und gleichzeitig ist mir ein unglaublich großer Stein von meinem Herzen gefallen! Auf einmal bin ich wie, wie schwerelos! Befreit von einer Last! Aber, sie sieht mich mit großen Augen an und regt sich nicht! Nicht auch nur ein bisschen! Sie verzieht keine Miene und sieht mich nur an. Völlig regungslos! Hallo?!? Was ist denn jetzt? „Sarah! Sag bitte etwas!" Aber ihr Blick geht wieder zurück in ihr Weinglas. Sie entzieht mir ihre warmen Hände und dreht wieder ihr Glas im Kreis! Scheiße! Was habe ich getan?!? Ist es jetzt aus?!? Das, das herrlich, leichte, unbeschwerte Gefühl mit ihr? Die Lockerheit die uns verbunden hat? Ich Esel! Hätte ich doch nur meinen Mund gehalten! Was mache ich jetzt nur? Die Rechnung bezahlen, das wir gehen können? Ich bin doch so ein Schaf! Sarah trinkt ihr Glas leer, stellt es behutsam auf den Tisch und wirkt sehr nachdenklich. O.K. Ist ja auch kein Wunder. Ich meine, schließlich sitzt ein durchgeknallter Taxifahrer mit ihr hier in Italien auf der Suche nach dem jetzt doch nicht so ganz entführten Bruder, und sagt ihr, dass er sich in sie verliebt hat! Wie soll man darauf auch schon reagieren?!? Hätte ich doch nur meinen Mund gehalten. Was zum Teufel denkt sie nur gerade?

24 – Die Nacht

Achter Tag. Samstagnacht.

Nach meinem Geständnis herrscht an unserem Tisch eisiges Schweigen. Wie ich das hasse! Ich trinke auch meinen letzten Schluck aus meinem Glas und schenke uns beiden den Rest aus der Flasche in die Gläser. Etwas Besseres, als den Rest aus der Weinflasche zu leeren, will mir gerade nicht einfallen. „Niklas, ich weiß wirklich nicht wie sich das anfühlt, ich habe damit auch keine Erfahrung, aber ich fühle für dich das Gleiche, wie du für mich!" Rumms! Das hat gesessen! Fast hätte ich vor Schreck die Flasche fallen lassen! Jetzt habe ICH den Kloos im Hals! Was hat sie gesagt? Dass sie mich auch liebt?!? Ich stelle die leere Flasche auf den Tisch und sehe ihr in die Augen. „Wirklich? Du, du meinst, dass du mich auch liebst?!? Im Ernst?" Jetzt ist sie diejenige, die mit ihren Händen meine nimmt. „Ja! Meine ich! Ich bin verrückt nach dir! Ich fühle mich bei dir geborgen, ich könnte meinen zu erfrieren, wenn ich in deinem Arm liege, und du mich plötzlich loslässt, und ich, ja ich liebe dich!" Sie hätte nichts Schöneres zu mir sagen können! Ich bin kurz davor hier auf dem Stuhl zu schmelzen wie Eis in der Sonne! Ich stehe von meinem Stuhl auf, und setze mich neben sie. Wir sagen kein Wort, wir halten unsere Hände und grinsen uns an wie kleine Schulkinder, die kurz davor sind eine Dummheit zu machen. Ich löse meine Hand von ihrer, lege sie ihr langsam zwischen Wange und Nacken, und ziehe ihren Kopf sachte zu meinem. Sie lässt es zu und wir kommen uns näher und näher. Sie schließt ihre Augen, und kurz darauf berühren sich unsere Lippen zärtlich. Es ist nur ein Kuss, aber in mir explodiert ein Feuerwerk! Mein Herz schlägt so sehr, dass ich meinen könnte, sie kann es auch hören! Ich könnte schreien! Jubeln! Hüpfen vor Freude! Was passiert hier gerade? Ich habe mich verliebt und meine Freundin küsst mich! Wahnsinn! „Freundin!" Wie sich das anhört! Ich habe eine Freundin! Und nicht irgendeine! Nein! Sie ist die schönste Frau der Welt! Sarah löst sich, bleibt aber ganz dicht vor mir und flüstert: „Niklas? Ich liebe dich!" „Ich dich auch!" Wir küssen uns noch mal. Ihre Zungenspitze stößt an meinem Mund an und ich öffne meine Lippen. Es wird der innigste Kuss meines Lebens!

Ich rufe den Kellner um die Rechnung zu bezahlen. Sarah sieht mir in meine Augen, während ich ihm das Geld gebe. „Stimmt so." Der Kellner bedankt sich mit einem „Mille grazie!", reicht uns unsere Jacken und wünscht uns noch einen schönen Abend. Sarah und ich gehen Arm in Arm durch die Gassen auf dem Weg zurück zu unserem Hotel. Immer wieder sehen wir uns dabei in die Augen, bleiben kurz stehen, und küssen uns. Was kann jetzt schon noch passieren? Gibt es etwas Schöneres auf dieser Welt?

Dieses Anhalten und Küssen wiederholt sich noch öfter, und so brauchen wir für den Rückweg doppelt so lange als auf dem Hinweg. Was uns natürlich völlig egal ist. Wir schlendern durch die Rezeption und gehen zu den Aufzügen. Im Aufzug fehlt nicht viel, und ich drücke den „Notstop", nur um den Augenblick zu verlängern. Wie wild knutschende Teenager, poltern wir aus dem Aufzug in Richtung unseres Zimmers. Sarah lässt mich nicht mehr los und hängt mir an den Lippen. Unterbrochen werden wir nur von „Ich liebe dich!" Geständnissen. Ich möchte sie auch nicht mehr loslassen. Aber ich bekomme den verdammten Zimmerschlüssel nicht in die Türe. „Sarah! Sarah! Jetzt! Bitte! Sarah warte doch bitte kurz! Nur kurz!" Sie gibt mir eine kurze Pause, ich öffne die Türe und nur Sekunden später fallen wir auf das Bett! Unsere Jacken zerren wir uns gegenseitig herunter, die Schuhe streifen wir noch ab, wie Ausgehungerte fallen wir übereinander her! Ich liebe sie! Sie streift mir meinen Pulli ab, ich ziehe ihr ihre Bluse aus, sie zieht mir meine Jeans aus und ich ihren Rock. Wir sind nicht mehr Herr unserer Sinne und das Ganze scheint in Sekunden zu passieren! Aber ich kann mich nicht bremsen! Meine Lenden scheinen in jedem Moment zu explodieren! Aber als wir beide nur noch unsere Unterwäsche anhaben, macht sie plötzlich eine Pause! Ich liege auf dem Rücken und sie sitzt auf meinem Bauch. Mit der flachen Hand auf meiner Brust drückt sie mich auf die Matratze und flüstert mir zu. „Nicht so schnell Niklas. Nicht weglaufen! Ich bin gleich wieder da!" „Versprochen?" „Versprochen!" Sie küsst mich noch einmal lange, ehe sie sich langsam zur Seite dreht und im Badezimmer verschwindet. Sie ist so weich! Und so warm! Sie hat den perfekten Körper! Wahnsinn! Ich habe das Gefühl es dreht sich alles! Und dieses Mal ist es nicht der Alkohol! Ich mache eine der kleinen Leuchten am Tisch gegenüber an und das große Licht aus. Kaum dass ich wieder im Bett liege, kommt sie aus dem Badezimmer. Nur dieses Mal ist alles deutlich langsamer. Wie sie sich bewegt! So sinnlich! Und ihr Blick! Wie sie mich ansieht! Ich schmelze! Das halte ich nicht lange aus! Und meine Unterhose auch nicht! Mein kleiner Freund zeichnet sich unter meinen Boxer Shorts ab. Sahra sieht, dass ich meine Männlichkeit nicht mehr zurückhalten kann. Aber sie überspielt es gekonnt und geht einfach nicht darauf ein. Sie legt sich langsam wieder neben mich, küsst mich und streichelt mich. Sie erforscht mich und ich sie. Sie richtet uns beide wieder auf. Ihre Brüste sind fest und ihre Nippel hart. So hart wie mein kleiner Freund. Ich öffne ihren BH und küsse sie dabei weiter. „Niklas, nicht aufhören!" Sie lässt sich nach hinten fallen und ich lege sie sanft auf der Matratze ab, küsse ihren Hals entlang, über ihre Brust, über ihren Bauch und tiefer. Ich gehe dabei tiefer und tiefer. Am Bund von ihrem Slip angekommen, fahre ich ebenso sanft mit meinen Fingern entlang und küsse ihre weiche Haut, da krallt sie sich in meine Haare hinein und macht dabei eine Faust! Sie bäumt sich mir entgegen. „Niklas! Nicht aufhören!" haucht sie mir wieder zu. Mit einem Finger fahre ich jetzt an dem Bund innen entlang und ziehe ihn dabei Stück für Stück ein klein wenig weiter nach unten. Ich höre dabei mit dem Küssen nicht auf und höre, wie sie leise stöhnt. Ihren Slip streife ich ihr von den Beinen ab und gehe mit den Händen wieder nach oben. Ich küsse und verwöhne sie an ihrer intimsten Stelle. Sie stöhnt und bäumt sich wieder und wieder dabei auf und krallt sich in meine Haare. Sie genießt es! Ich genieße es! Ihr Stöhnen wird jetzt stärker und lauter, als sie mich wieder zu sich hochzieht und küsst. Sarah flüstert wieder: „Ich bin dran! Dreh dich!" Sie drückt mit ihrer flachen Hand gegen meine Brust und ich lege mich langsam auf den Rücken. Ihr Blick und ihr leichtes Grinsen in ihren Augen, … Sie küsst mich Zentimeter für Zentimeter meinen Hals entlang, über meine Brust und über meinen Bauch. Ich spüre wie ihre Finger an meiner Hüfte entlangwandern und sich an dem Bund meiner Short einhaken. Sie zieht sie mir langsam nach unten. Ich stöhne auf und bin kurz vor dem durchdrehen! Ihre Hände wandern an meinen Beinen entlang hoch und ich halte es kaum noch aus! Sie küsst mich dabei wieder Zentimeter um Zentimeter und ich könnte platzen vor Erregung! Ihre langen, blonden Harre kitzeln auf meinem Bauch und plötzlich wird es warm an meinem kleinen Freund. Ich stöhne erneut auf! Ihre Hände sind überall, und ich spüre, wie sie mich verwöhnt. Ich könnte schreien vor Glück! In meinen Lenden zieht ein Tzunami nach dem anderen durch! „Sarah! Bitte!" Ich halte es nicht mehr länger aus und ich nehme Sarahs Kopf in meine Hände, und ziehe sie sachte zu mir hoch. Sie sieht mir tief in die Augen, küsste mich, stützt sich auf meiner Brust ab und setzt sich vorsichtig in meinen Schoß. Ich gleite langsam in sie hinein und wir stöhnen beide auf. Wir können uns kaum zurückhalten und nur kurze Zeit später überkommt es uns wie ein Stromstoß!

Wir fallen Arm in Arm zur Seite.

25 – Der Rückweg

Neunter Tag. Sonntagmorgen.

Diese Nacht werde ich niemals in meinem Leben vergessen! Es war die schönste Nacht in meinem ganzen Leben! Es blieb nicht bei dem einen Mal und dazwischen waren wir gemeinsam die Erlebnisdusche austesten. Wir können kaum die Finger von einander lassen, wie junge Teenager. Echt wahr.

Am nächsten Morgen weckt mich die Sonne. Aber da ich eh wieder auf die Toilette muss, ist es nicht so schlimm. Wir liegen beide nackt im Bett und Sarah in meinem Arm. Sie atmet langsam und gleichmäßig. Ich möchte sie nicht aufwecken und versuche so sachte wie möglich meinen Arm unter ihr heraus zu ziehen. Sie murmelt etwas, dreht sich auf die Seite und schläft weiter. Ich könnte sie ewig ansehen!

Ich krieche wieder langsam zu ihr, aber jetzt wacht sie doch auf. „Guten Morgen Schatz!" Gestern war ich noch der Niklas, heute bin ich ihr Schatz! Ich liebe Italien! „Guten Morgen!" Es folgt ein langer Kuss und mein kleiner Freund wacht auch gleich wieder auf. Sie spürte das natürlich sofort, dass er sich wieder aufrichtet. „Ihr seid ja beide schon wach! Ich sage ihm nur auch kurz ‚Guten Morgen', schön liegen bleiben!" Sie verschwindet mit ihrem Kopf unter der Decke und gleich danach schwebe ich wieder im siebten Himmel! Schon kurz darauf sind wir beide wieder ineinander verkeilt, und mit unseren Sinnen im Parallel-Universum!

Es folgt eine lange, gemeinsame Dusche. Sie ist aber auch fantastisch! Also, ich meine: Beide! Die Dusche und Sarah! Wir waschen uns gegenseitig, wir trocknen uns gegenseitig ab und es fehlt nur noch, dass wir uns gegenseitig das Frühstück füttern.

Dieses Mal nehmen wir unsere Sachen gleich mit nach unten, bezahlen das Hotel und frühstücken wirklich nur kurz, da wir heute noch zu Hause ankommen möchten. Wir sind eh schon spät dran, weil wir uns heute Früh schon problemlos mit uns selber beschäftigen konnten …

Die Autobahnen sind zum Glück wieder frei und wir kommen sehr gut durch. Bereits am Abend sind wir über die Grenze und wieder in Deutschland. Nur wenige Kilometer vor dem Ziel, klingelt Sarahs Telefon. „Mein Bruder ruft mich an! Was will der denn jetzt? Sarah Sperling?" „Hallo Sarah, hier ist Tim. Es tut mir leid, du hattest wieder einmal Recht. Zwischen Eleonora und mir ist es aus. Sie sagt, das geht nicht auf Dauer und sie hat außerdem einen anderen. Danach hat sie mich rausgeworfen. Ich habe jetzt dein Auto geholt und komme zurück." „Prima, dann ist ja wenigstens einer von euch beiden vernünftig geworden. Du kennst ja meinen Parkplatz. Stelle es bitte wieder mit vollem Tank hin und werfe mir den Schlüssel in den Briefkasten. Wir unterhalten uns später. Jetzt habe ich wirklich keinen Nerv für dich, ja?" „Ja, ist gut, bis dann." Sie legen wieder auf. „Dein Bruder?" „Ja." „Ist es aus zwischen den beiden?" „Ja, lass uns aber über etwas anderes sprechen. Über den Affen kann ich mich auch noch ein anderes Mal ärgern." „Er hat dich von seinem Handy aus angerufen? Sagte er nicht, dass sei ihm in das Meer gefallen?" „Stimmt! Jetzt wo du es sagst! Ich habe mit ihm wegen meinem Auto eh noch ein Hühnchen zu rupfen, dann spreche ich ihn auf das Handy auch gleich an. Aber, heute möchte ich davon nichts mehr wissen. Wir sind gleich bei mir, und wenn du möchtest, können wir noch kurz zu mir rein. Erstens, hast du dir nach dieser Fahrt einen Kaffee verdient. Zweitens, bin ich dir noch etwas Kohle für deinen Chef schuldig, nicht, dass du nächste Woche deinen Job los bist. Und drittens habe ich Hunger." „Hunger? Willst du bei dir heute noch anfangen zu kochen?" „Nein. Das nicht." „Nicht? Auf was hast du denn Hunger?" „Ich habe Hunger auf dich!!!"

26 – Epilog

Tja, das war sie dann ja wohl. Die Eine. Die eine Fahrt, die sich nie wieder wiederholen wird, die eine Frau, die ich nie wieder verlieren möchte, die eine Reise, die ich nie wieder vergessen werde, und die eine Liebe, die mir mein Leben für immer und ewig umkrempelt. Eben,

DIE EINE.

Sämtliche Personen, Namen und Handlungen sind, nicht wie bei meinem ersten Buch, dieses Mal frei erfunden von mir. Jede Ähnlichkeit mit realen Personen oder Handlungen, sind reiner Zufall. Nur die Ortschaftsnamen in Italien, die sind nicht erfunden, sondern per Zufall aus der Landkarte gepickt.

Einzig die beiden Geschichten:

04 – Der sparsame Chinese Seite 21

und

06 – Christbaum Seite 29.

Die sind mir tatsächlich passiert.